看る力

アガワ流介護入門

阿川佐和子　大塚宣夫

文春新書

1172

看る力　アガワ流介護入門◎目次

I 看る力・家族編

II　看る力・夫婦編

I

看る力・家族編

1　好物は喉につまらない

阿川　父（阿川弘之《あがわひろゆき》氏）が三年半、大塚先生が会長をされている、よみうりランド慶友病院で大変お世話になりました。二〇一二年に父は自宅で転倒して緊急入院、そこで誤嚥《ごえん》性肺炎を起こしました。一ヵ月後に奇跡的に回復したものの、ちょっと認知症が始まっていた母とふたりで生活するのは無理だという判断から、こちらに入院させていただきました。最期まで大変にわがままな父の要望にこたえてくださって、本当に感謝しております。

大塚　お父様は、最期までご自分の意志がしっかりしておられ、ご立派でした。まさに大往生でしたね。

阿川　昔から父は「もし俺が老人ホームに入ることになったら、自殺してやる！」と豪語しておりましたから、こちらにお世話になるのも最初は騙《だま》し騙しという感じで……。

大塚　そういう方、多いですよ。

阿川　ところが、実際に入ってみたら病院食がとても美味しかったらしく、すっかり気に入っちゃって。「病院食はまずいものだ」と思い込んでいる父が、こちらの食事を口にしてひと言、「うまい！」と言ったので、よし、やったあ、と（笑）。

大塚　開院以来、食事についてはかなり努力してきたつもりなので、嬉しいですね。

阿川　ときどきステーキやお寿司を特別に注文することもできるし、食べることが好きな父は大満足だったんですよ。ところがある日、「鰻を食べたい」と言い出しまして。誤嚥性肺炎が治ったばかりだし、小骨が引っかかったらどうするんだ、さすがに鰻はまずいだろうと先生に相談したら、「ああ、いいんじゃないですか」とあっさり。あれにはびっくりしました。

大塚　まあ、心配しだしたらキリがないし、ご本人が食べたいものを食べていただくのがいちばんでしょ。不思議なことに、たとえ飲み込みに障害がある人でも、好きなものなら喉を通るんですよ。

阿川　「好きなものなら喉を通る」。先生に言っていただいたこのひと言が、強く印象に残っています。それが、私が介護について考えるひとつのきっかけになったんです。「そうか、食べたくないと思うから喉に引っかかるんだ」と気がつきました。で、加えて先生は、「何かあったら、我々がいますから」って。その言葉にどれほど驚いて、同時に安心したことか。

大塚　人間、年をとっても最後まで残る楽しみは「食べること」です。でも病院の食事といえば、昔から半端じゃなく不味いと決まっていますよね。そこで、これだけは何とかしなければと、かなりこだわってやってきましたね。

阿川　食い意地の張った父の要求はさらにエスカレートして、「朝食の玉子料理が冷たいのが不満だ」と。仕方なく、病室に電子レンジを入れてもいいですかと先生に伺ったら「どうぞどうぞ」とにっこり。父はもっぱら、熱燗《あつかん》づくりに使っていましたけどね（笑）。

大塚　そうでしたね。毎晩、晩酌《ばんしゃく》を楽しんでおられました。

阿川　十秒チンして。病室でお酒を飲むこともオッケーなんですからねえ。

大塚　もちろん。だいたい、入院したからってお酒を飲んではいけないってことはないんです。なかには銘柄を指定して、近所の酒屋さんから届けてもらっている方もいます。

阿川　あら、父より上手《うわて》の方が！　でも、おかげさまで、父の部屋は空き瓶だらけ、まるで酒屋みたいでした。酒の肴には、チーズをもってこいとか要求が多くて。最後の頃は、父の部屋に電気コンロをもち込んで、すき焼きをしましたもん（笑）。

食べることは生きる力を測る目安

大塚　食べるっていうのはね、人間の最後まで残る楽しみであると同時に、高齢者の生きる力を測る目安としても、とても大事です。ヨーロッパの高齢者施設を視察したとき、そのことを痛感しました。

阿川　日本とは何が違うんですか？

大塚　食事を食欲をそそるように見せ、飲み込みやすいかたちにカットするなど工夫をこらす。また、それを口に運ぶ介助も十分にやる。でも、それを本人が自分の力で飲み込めなくなったら、それ以上の対処はしないんです。

阿川　点滴もしない？

大塚　しません。はっきり言えば、口に入れてもらったものを飲み込めなくなる、つまり食べられなくなったら、ほどなく最期を迎えるということ。その人の生きる限界だという考えなんです。

阿川　「好きなものなら喉を通る」という名言は、そこからなんですね。父はかなりわがままだったと思いますが、先生の病院は、食べ物にせよお酒にせよ、あれはダメこれはダメってことがほとんどない。それが先生の方針の根底にあるんですね。

大塚　そうですね。生活の場と考えれば、あらゆる面で原則自由がいいでしょ。だって残された時間の短い人にはまず、生きる楽しみが先。できるだけ気兼ねなく、思うように生活をしていただいていい。ある意味、病院の個室はそのための「貸し部屋」と考えればいい。

阿川　そういえば、父が自宅にある絵をもってきてくれ、と言ったことがありまして。

それで、申し訳ないと思いつつ、もともとあった絵を外して、父が気に入っている絵を飾りました。するとやっぱり、部屋の景色が変わるんですよ。落ち着くというか、父の居場所になったという感じで。父も喜んでおりました。

大塚　各部屋の家具調度品も施設っぽいものではなく、できるだけ家庭の雰囲気が感じられるものがいいですね。食器類も無味乾燥なメラミン製やプラスティックではなく、ガラス製や陶器がいいし……。

阿川　割っちゃったりしそうですが……。

大塚　そんなことはないですね。自宅と同じ感覚なんでしょう。割ったりするのは職員のほうが多いくらい（笑）。

生活環境を豊かにする

阿川　初めて訪れたとき、何より驚いたのが、臭《にお》い。病院特有の臭いがまったくなかった！

大塚　いいことに気がついて下さり、嬉しいです。臭いの管理については、病院を始めた当初から、とてもこだわってきました。そもそも老人病院ですから、老人臭のほかにも、臭いの元はたくさんありますよ。入院患者さんの七〇%はおむつをしていますが、臭ったらすぐに交換する。また一番強烈な臭いの元は口臭ですが、食事が終わったら歯磨きをして口の中を清潔に保つ。ほかにも汗をかいたら着替えをするなどなど。とにかく、臭いの発生源を徹底的に絶つようにしています。それから、臭いの元がわかりにくくなるので、芳香剤の使用は原則禁止にしてます。

阿川　だからいつ行っても、不快臭のみならず、病院独特の薬臭さも感じたことがなかったんですね。

大塚　すべてにおいて、生活環境を豊かにすることは、非常に大事なんですよ。

2　医療より介護、介護より生活

阿川　父が入院するまでは老人病院がどういう場所なのか、予備知識がまったくなかったんですけれども、先生の試みは非常にユニークですよね。そもそも、先生はどうして老人用の病院をつくられたのですか?

大塚　きっかけは、高校時代の親友からの相談の電話でした。当時八十四歳の彼の祖母は、三年前の脳梗塞のあと寝たきりとなり、家族が自宅で介護してました。ところが十日ほど前から、日中はほとんど寝ているのに、夜の十二時頃からパッチリ目を開けて、大声をあげて騒ぎ出し、それが明け方まで続くので、家族はもう限界。近くの病院に相談したがどこも預かってくれずにほとほと困ってしまった。君の勤め先は精神病院だしなんとかならないか。もし無理でも、どこか預かってくれるところを探してくれないか、というSOSの電話でね。

阿川　そうそう、先生は精神科なんですよね。最初はてっきり、老人向け医療がご専門かと。

大塚　いや、医師としてのスタートは精神科でした。もっとも当時は、老人医療に関心をもつ医師なんて、誰もいなかったし。

阿川　それで、そのおばあ様の預かり先に心あたりはあったんですか？

大塚　いや、全然なかったので、いろいろ探しました。それで、東京郊外のある病院を訪ねたんです。そのときの光景が非常にショックでね。

阿川　ショックというと？

大塚　畳敷きの部屋にびっしりと布団が敷き詰められ、お年寄りはそこにただ転がされているだけ。そこが病室なんですよ。人手が足りないからおむつ交換も一日に一、二回だし、お風呂にももちろん入れてもらっていなかったでしょう。とにかく臭いがひどくて、ときどき変なうめき声が聞こえる以外、奇妙な静けさがあって。

阿川　コワーイ……。

大塚　まさに〝現代の姥捨て山〟だと思いました。しかも、そんな対応だから、そこに入った人のほとんどは二、三ヵ月で死んでしまう。もっと驚いたのは、こんなところなのに、入院希望者が跡をたたず、入れるのは半年先だっていうんですよ。

阿川　それだけ需要はあったということですか。

大塚　初めて老人病院なるものを目にして、考えました。これからは凄い勢いで高齢者が増える。何より、自分たち夫婦にも合わせて四人の親がいる。両親たちに介護が必要になったときどうすればいいのか。小さくてもいいから「せめて、自分の親だけでも安心して預けられるような施設をつくりたい」と思ったんです。

阿川　そこが出発点だったんですね。

朝起こしたらベッドから離す

大塚　志を立ててから数年後の一九八〇年二月に、東京郊外の青梅市で病院をスタートさせました。でも、初めの一年くらいは失敗の連続でした。

阿川　ほうほう。

大塚　高齢者への対応には知識はなかったものの、私も一応医者のはしくれですから、「お年寄りだって寝たきりの人だって、医療の力をもってすれば元気になるのでは」と簡単に考えていました。

阿川　お医者さんの使命は、患者さんを治療して回復させることだから……。

二十四時間、三百六十五日面会オッケー

大塚　ところが、知ってる限りの治療をいろいろやっても、なかなか元気にならないんです。医療の世界では、たとえばご飯を食べられなくなった人や検査で栄養状態が悪いと出た人には、まず点滴で水分や栄養を補給します。点滴するとなると、できるだけ動かさないように寝かせておかなければいけない。そうして一週間もすると、皆ほんとうに寝たきりになっちゃうんです。

阿川　歩く力のあった人でも？

大塚　そう、歩いて入院してきた人でもです。寝たきりの人をつくるために始めたはずじゃなかったのに、医療をやればやるほど元気がなくなっていく。私のやらんとし

ていることはどうも間違っているようだ、と気づいたんです。それで、一年ぐらい試行錯誤してたどり着いた結論は、「お年寄りに必要なものは医療よりまず介護だ」ということでした。一人で生活ができなくなった人を、周りがサポートするということですね。

阿川　食事やお手洗い、散歩とか。

大塚　そうです。ほかには朝起こしてベッドから離すとか、立ってもらう、歩いてもらうなど、刺激になるものをですね。ところが、生活のサポートという意味で介護をしていたら「今日何するの。起きて、どうするの」という患者さんが出てきたんです。それを見ているうちに、単なる介護に加えて、どんな状態になっても「豊かに過ごせるような生活環境を整えること」が大事だというふうに考えが進化しました。

阿川　朝、起きる理由を持つ、ということですか。

大塚　まさに。寝たきりでも認知症でも病気でも、どんな方でも「ここで過ごす時間は人生の最期に誰もが経験する生活の一時期なんだ」と考えました。生活することを基本に据え、環境を豊かにする。つまり、衣食住を整える。そのうえで介護と医療をくっつける構造にしようと。

阿川　医療より介護、介護より生活、という方向に優先順位をひっくり返した。

大塚　どんな状態になっても、人間らしい生活を送りながら最期まで到達できるようにするためにはどうしたらいいか。そう考えた結果です。

阿川　だから、いろいろな面で、自由度が高いんですね。

大塚　はい。多くの病院はまず医療が先にきますから、病気の治療に少しでもリスクがありそうなこと、たとえば飲酒などは禁止でしょうし、家族による食事の持ち込みも原則ダメですし、制限だらけです。その点では、うちは面会も二十四時間三百六十五日いつでもオッケーです。生活、あるいは楽しみというものを前面に出せば、原則自由になりますよね。

阿川　入院前と同じ生活を持ち込んでいいですよ、と。

大塚　そのうえで何か問題が起きたときのために、我々医者をはじめスタッフがいると考えればいいんです。

子どもランドからシルバーランドへ

阿川　その後、青梅に続いて、よみうりランドに病院をお建てになったのは、どういったいきさつが？

大塚　青梅で病院をやりながら、ずっと気になっていることがあったんです。利用者の七、八割の方が、東京二十三区や川崎、横浜の方でした。皆さん、片道一時間半から二時間かけて面会にいらっしゃっていた。だから、もう少し家の近くに病院があったら、もっとご家族に頻繁《ひんぱん》に気軽に来てもらえて、人生の終わりに近い時期に、そばに寄り添っていただけるのにな、と。それも、生活を豊かにすることのひとつでしょう？

阿川　そりゃ、家族側としてはやはり、近いと何かとありがたいです。

大塚　なんとか東京進出を実現したいと思ってはいましたが、やはり先立つものがない。

阿川　どうされたんですか？

大塚　そうしたら二〇〇二年の終わり頃に人を介して、読売グループの総帥・渡邉恒《わたなべつね》雄《お》氏から「会って話を聞きたい」との要請が来たんです。

阿川　ナベツネさんが登場！

大塚　そこで出た話は「今のよみうりランドは閑古鳥が鳴いている。これから先の少子高齢化社会を考えたら、お先真っ暗だ。ついては子どもランドからシルバーランドに舵《かじ》を切ろうと思う。その一環として、遊園地の一角に老人病院を建てないか」というものでした。これがきっかけで、計画が始まりました。ただ、青梅の病院を建てるときの借金をやっと返したばかりで資金はないから、読売さんの方で病院を建ててください。こちらは、その運営をお引き受けします、と。こうして、思わぬかたちで夢が実現したわけです。

阿川　よみうりランド慶友病院は、本当に遊園地の敷地内にありますものね。ジェットコースターが目の前でのぼったりくだったりして。弟は父の見舞いに来るとき、幼い息子にいつも、遊園地に行くよって楽しみをくっつけてましたもん。

大塚　面会に来たご家族も一緒に楽しめるというのは、結構いいですね。青梅の病院に一千五百坪くらいの広い庭をつくったのですが、それにも意味があるんです。認知症の患者さんが多いですから、ご家族といえども話が通じない、自分の家族かどうかも認識できないような方がたくさんいます。その場合、面会に来た人たちにとっていちばんいいのは、車いすで散歩することなんです。会話はできなくても、間がもちますから。

阿川　なるほど。

大塚　四季折々の植物を見ながら庭を一周することで、家族が一緒に過ごす時間を共有できる。患者さんが亡くなった後、「桜を見ながら散歩したなぁ」など、ご家族にとってもいい思い出となる。生活空間を豊かにするということは、ご家族にとっても大切なことなんだと思います。

生活にハリをつくる

阿川　実際、医療と介護の優先順位を逆転、さらに介護より生活を重視することで、皆さんにどんな変化がありましたか。元気になって退院しちゃったり？

大塚　退院まで至る方は少ないですが、元気になる方は結構いらっしゃいます。とにかくね、朝になったら起こして着替えをして、日中は少しでもベッドから離す。本人が寝ていたいといっても、一度ちゃんと椅子に座っていただきます。そうするとだんだん、表情が変わってくるんです。部屋から一歩も出なかった方が、車いすで散歩まで楽しめるようになったり。

阿川　生活にメリハリがつくようになるんですかね。あと、病院内に帽子やスカーフなどが用意されていましたよね。お洒落《しゃれ》をしてもらうためだとか。

大塚　はい。女性なら、帽子のほかにお化粧もしていただくとかね。とにかくお洒落をしてもらう。看護師の手を借りてでもいいんですよ。男女問わず身づくろいをする習慣を身につけることは、〝何かしよう〟という前向きな意欲をもつことにつながります。

阿川　さらに、おめかしができるように、洋服やアクセサリーまで貸してくださるんですよね。

大塚　原則こちらで用意します。以前、何十年も前に買ったような毛玉だらけの洋服を着て入院された方がいらして、病院側で新しいセーターをご用意したところ、目がキラキラして一気に若返ったことがありました。生活を再構築することで、元気になられる方を見ると、こちらもうれしくなります。

阿川　やっぱりお洒落をするって大事なんですね。

3　赤ちゃん言葉は使わない

大塚　生活にハリが出てくると、やっぱり人として扱われてるって感じにもなるんですよ。

阿川　それでいうと、ときどき気になるのは、介護する方や病院の看護師さんの中には、幼児語で高齢者に対応する方がいらっしゃいますよね。「あら、おちっこしたの？」「名前、忘れちゃったの？」「ほら、またこぼした」とか。こちらの病院では、それがいっさいないですよね。どんな相手にもきちっと丁寧で、まるで社長に対応するがごとく「○○様、お食事のご用意ができました」といった感じで。

大塚　それはもう基本中の基本でしょ、徹底するのはなかなか難しいですが……。

阿川　うちの父が怒りっぽいと評判だったから、特別扱いされていたのかと……。

大塚　そういうわけじゃないですよ（笑）。

阿川　アハハ、ほっとしました。

なぜ医者は上から目線なのか

大塚　もともと病院を始めたのは「自分の親を安心して預けられる施設をつくろう」という思いからでしたから、家族から見て「自分の親だったらどういうふうに扱って欲しいか」を、病院の職員の行動基準、判断基準にしようと決めたんです。そう考えると、「言葉遣いはずっと気になっていましてね。

阿川　実は、母に対してはときどき子ども扱いしちゃうんですけどね。だって、どんどん子供返りするから……。でも、男の人は嫌がりますよね。プライドが高いし。社会的立場の意識が強いから。

大塚　医者になってからずっと、なぜ医療の世界だけ、自分たちのお客様である患者さんに対してあんなに上から目線なのかと疑問に思ってました。それで、自分で病院を始めるのなら、病院だってサービス業、「患者さんはお客様」として、きちんと位置づけようと思いました。

阿川　まあ、「お客様」でなくてもいいんですけどね。患者側からすると、助けてくださる病院についペコペコしちゃうし（笑）。

大塚　サービス業であることの象徴として患者さんを、「○○様」と呼ぶことにしましたけど、当時は「そんなに患者に媚《こ》びてまで、金儲《もう》けがしたいのか」と医療界からは非難ごうごうでした。

阿川　でも最近は、患者さんにちゃんと敬語で対応してくれる病院が増えてきた気がします。

大塚　最後の最後まで、きちんとした一人の大人として扱うこと。お客様として扱うこと。どんなに設備を整えたって、職員と患者さんとのやりとりを聞いて、ご家族が不満を感じたり不安に思われたりしたら意味がない。いくら親しみがあっても、「うちの親にそんな馴《な》れ馴れしい口をきかないでくれ」というのがご家族の本音です。数ある施設の中からうちを選んでくださったのはご家族ですし、月々の支払いをしてくださるのもご家族。何より、我々がやっていることを後々まで社会に対して伝えてくださるのはご家族なんです。

阿川　なるほど……。

大塚　しかし、ご家族というのは、「預けている」ことについて、いつもある種の後ろめたさをもっています。だから不満があっても、なかなか口に出して言えない。こちら側としては、そういったご家族の気持ちをしっかり汲みとらせなければいけないと思っています。

4　バカにしない、怒らない、とがめない

阿川　さて、介護で避けて通れないのが認知症です。私は今、ゆるやかに認知症がすすんでいる母の面倒を見ているんですが、認知症とはつまるところ、どういうものなのでしょうか。

大塚　認知症は、ひと言でいえば記憶の障害があるがゆえに、自分の中に入ってきた新しい情報をうまく処理できなくなっている状態とも言えます。人間は過去の経験を記憶という形で残しています。それと照合しながら、今起きていることに対してどう行動すべきか判断をする。けれども認知症は、その過去の記憶にうまくアクセスできない、あるいは即座につながらなくなっている状態にあるのです。

阿川　記憶の引き出しが出てこない。

大塚　そうです。基準となる照合すべき記憶に到達できないので、今の状況を、どう判断していいかわからない。ただ、記憶は全部なくなるわけではなくて、一部は残っている。そこがややこしいんです。その少ない記憶をかき集めて情報を処理するので、普通の人とは違った行動になります。

阿川　まわりから見たら理屈に合わない発言や行動でも、本人にとっては、残った記憶と情報をもとに行動しているわけだから、整合性はあるわけですね。

大塚　そこが私たちが最も理解しなければならないポイントです。本人がうまく処理できなくても非難しないこと。とがめたり諫《いさ》めたりしてもなんの役にも立ちません。本人としては少ない記憶を駆使して自分なりにベストの判断をくだし、行動しているわけですから、怒られる意味がわからないんです。それよりも、まず、バカにされない、叱責されない、とがめられないという安心感を与えることが大事。これは、認知症の対処法の基本です。

阿川　そうか。つい、怒っちゃう……。

大塚　非難されると「私、何か悪いことしたかしら」と不安になっておどおどしてしまう。この混乱が次の混乱を呼び、認知症の症状が悪化したように見える最大の理由です。

阿川　母の場合は、目の前のことは見事に処理するんです。看板とか文字とかは全部、読める。英語の看板もパッと読んでちゃんと理解しますから。

大塚　不思議なんですが、昔、囲碁や将棋が強かった人と対局すると、かなりの認知症であっても強いんですよ。とても勝てません。論理的に説明できなくても、学習した記憶が残っていて、直感的に反応しているんでしょう。こんなふうに、昔学習したことは、意外といつまでも頭に残るんです。学習記憶というやつですね。一方で、比較的新しいこと、ついさっきのことは忘れてしまう。

阿川　確かに「さっきいた場所、やったこと」は、一分後には忘れています。でも家族からしてみれば、初期段階では「これはなんかの間違いだろう」と信じたくない思いとともに「もとに戻って欲しい」という切なる思いがあるから、つい責め立ててしまうんですよね。いけないって思っても、「もう、なんで忘れるの！」「信じられない！」と騒いでしまう。どうやって抑えればいいですか？

大塚　よく、認知症になると「子どもに返る」って言いますよね。だから、こちらもつい子どもに言って聞かせるような対応をしてしまう。そのときには教育的な効果を期待しているわけです。しっかり言ってきかせれば立ち直ってもとに戻るんじゃないかとね。でも認知症と子どもとの最大の違いは、自分が言われたことを覚えていられないことです。頭の中に留まらない。新しいことを学習することはおろか、新しく記憶できなくなっているんですから。教育的な効果は、絶対期待しちゃいけないんです。

オウム返しが大事

阿川　教育は学習につながる、でも学習ができないから認知症である、と。たとえば、母を私の家に泊まらせると、うちはマンションだから雨戸がないのに、母は何度も「雨戸を閉めないと」と言ってきます。そういうとき、まるで初めて聞いたように「うちには雨戸がないんだよ」と優しく答えるのがいちばんですかね。

大塚　まさに。

阿川　わかっちゃいるんですが、さすがに十回を越えてくると「さっきから何度も言ってるでしょ！　いい加減に覚えてよ！」と怒ってしまうんですよね。

大塚　それこそ教育的指導ですから、まったく効果はないですよ。

阿川　ダメかあ。

大塚　はい。何を言われても決して否定しないこと。そして時には「雨戸ね、閉めましょう」とオウム返しをすればいいんです。繰り返すだけでいい。

阿川　あ、そうか。「ない！」という事実を学習させる必要はないんですね。同意しちゃえばいいのか。そういえば、食事中に同じ話を母が繰り返すときには、まったく違う話題をこちらから積極的にふったりします。「名前なんだっけ？」が繰り返されるとしたら、「小学校、どこだっけ？」とかね。今繰り返している話題から離れるためには、別の話題を用意するといいってことを最近、発見しました。

大塚　ああ、それも一つの解決法です。

阿川　これはうちの旦那さんが発見したんですけどね。

5　介護は長期戦と心得よ

阿川　母の面倒を見ている中で、家族側、「看る側」の心構えが、私なりにいくつかありまして。

大塚　ぜひお聞きしたいですね。

阿川　いちばんは、「介護は長期戦と心得よ」ってこと。父は入院、母は認知症が始まり、私は仕事が忙しく、更年期障害もひどい。ちょっとパニックだったときに、学生時代の女友達が集まるから、アガワも来いって連絡があったんです。

大塚　重なりましたね、いろいろと。

阿川　当然「行けない」と答えたら、「どうして?」と聞かれ、「今、ちょっと親がこうで、私がこうで……」と説明したら、「だったら尚更《なおさら》、来なさい！　五分だけでもいいから！」と友達が言うんですよ。しょうがないから行ったらなんと、みんな介護経験者だったんです。初心者はなんと私だけ。

大塚　ウブな阿川さん（笑）。

阿川　そのときに「アガワ、あと一年頑張ればなんとかなると思ってるでしょ」と言われたんです。実際、「この一年、仕事を減らして両親の介護に専念しよう」と覚悟を決め、「ここを頑張ればなんとか乗り越えられるかもしれない」と思っていたところはありました。そうしたら、「それ、間違いだから。十年かもしれないんだよ。いつ終わるかわからないのに全力で頑張ったら、自分がひっくり返るだけ。手を抜きなさい」と。もう、なんという説得力！　目からウロコでした。最初はとにかく、自分の生活を犠牲にしてでも頑張ろうと思い込んじゃうんですよね。

大塚　終わりが決まっていないということに、最初のうちは気づかないですからね。自分の生活をちゃんと保ちながら、介護も長く続けないといけない。そこが介護のいちばん難しいところ。

阿川　私自身もそうでした。父が転んで入院して、母の物忘れが始まって……というころ、「よし、ここは頑張ろう、これだけ世話になった親なんだから」って。

大塚　皆さんそうですよ。どんな展開になるのか、まったくわかりませんから。

阿川　だからこそ、体力の配分や経済的な問題を、長期的なスケールで考えなければいけないわけですよね。

大塚　介護は長距離走、マラソンのようなものです。最初から全力疾走したらゴールできません。うちの病院にも、短期間に頑張りすぎて燃え尽きて、もうダメだと駆け込んでくる方が、結構いらっしゃいます。うまくやればもうちょっと自宅で長く走れたのかもしれないけど、共通しているのは「他人任せにできない」「最良の介護をめざした」とおっしゃる点。本当にお一人で一生懸命、何もかも抱え込んでしまうんですね。

阿川　みんな、そうなのね。

駅伝方式を導入する

大塚　介護はマラソンだと言いましたが、対応に必要なのは駅伝方式です。できるだけたくさんの人を巻き込み、関わるみんながときどき休める仕組みをつくること。まずそれなりの人手がなければ続けられないと知ることです。

阿川　私も頭ではわかってるんですよ、人を巻き込まなきゃ無理だって。でも現実に人の助けが必要になるのは急だし、急にお願いできないし、結局、誰かに負担をかけて迷惑をかけることになるなら、自分で無理したほうが早いって思っちゃうんですよね。

大塚　皆さんそうおっしゃいます。まずは自分が頑張ればいいんだって。

阿川　最初は、だれに頼めばいいのかもわからなくて。兄弟にすら遠慮がありましたもんね。あの家には幼い子どもがいるから無理だろうとか、お嫁さん嫌がるだろうなとか。そうしたらあるとき弟に言われたんです。「姉ちゃん、全部、自分でおっ被ればなんとかなるって思ってるでしょ。それ、やめなよ」って。「俺たちだって協力するし。まずシフト表を作ろう」って合理的にカラリと提案されたんですが、やはり介護は娘の仕事って意識があるから……。

大塚　そこは、介護の専門家としてはやっぱり、「全力でやらない。ともかくできるだけ多くの人を巻き込んでやる」を徹底させたいところ。「自分自身、つまり介護する側が極力いい精神状態を保てるようにすることこそが、介護を長く続けるための基本中の基本。休み休み、やりなさい」と。

信頼できる交代要員を

阿川　ロッカーに荷物を預けるみたいに簡単にはいかないんですよね……。だれか助っ人はいないだろうかと悩んでいたとき、たまたま「まみちゃん」が現れたんです。昔は裕福な家庭でなくても、地方から花嫁修業としてやってきた住み込みのお手伝いさんがいたと思うのですが、うちにいたのがそのまみちゃんで。

大塚　昔の家事見習いですね。

阿川　夜間の定時制高校に通っていた彼女はすごく真面目で、私が弟を泣かしたりすると「何がいけなかったか、あなたの胸にちゃんと聞いてごらんなさい」って厳しく叱ってくれるような人。小さいころから私のお姉さんっていう存在だったんです。

大塚　本当に気心が知れた存在ですね。

阿川　そのまみちゃんが結婚して今は子どもも孫もいるんですが、やめた後もよくうちにご夫婦で遊びに来てくれていたんです。ちょうど数年前、だいぶ弱ってきていた父と母に、「自分たちも定年に近いから、何かお役に立つことがあったら手伝いに来ますよ」って言ってくださっていたらしくて。

大塚　絶好のタイミングでしたね。

阿川　「この人に頼るしかない」とすっ飛んでいって、お願いしました。母に料理を習っていたから、うちではもはや誰も作らなくなったクリームコロッケを「昔、教えてもらった味です」なんてつくってくれて、母も大喜びでした。最初は通いだったんですが、今は泊りもお願いするようになって。まみちゃんが助けてくれなかったら、私は倒れてましたね。

大塚　家族以外にも信頼できる交代要員がいるというのは、実にいいことです。

阿川　ええ、本当に恵まれていると思います。まみちゃんのお休みの日や緊急事態の際には兄弟と連絡を取り合ったり、別の人に頼むなど、彼女の存在によって、手立ての幅がかなり広がりました。「どれだけ助け船をもっているか」が大事ですね。

大塚 それこそがまさに、私の言う駅伝ですよ。なかなか阿川さんの場合のように気心の知れた人は見つからないかもしれませんが、ヘルパーさんなども活用して、とにかく助っ人を作るべきです。

経験者を頼れ

阿川 私にとっての女友達のように、話せばラクになる存在がいるというのも大きい。しかも、それが介護の経験者であればベストです。いま七十歳近くになるまみちゃんも、お姑さんと自分の母親の介護を経験しているんです。そうすると何が起こっても「ああ、うちの母もそうでしたよ」と、まるでキャッチャーがミットで受け止めるように答えてくれる。この安心感は、何ものにも代えがたいものです。

大塚 経験者に勝る人はないですね。

阿川 具体的に「どうしろ」ということはなくても、「同じようなことがありました」と言ってくれる人がそばにいてくれるだけで、どれほどラクか。へえ、そうなんだ。みんな辿《たど》った道なんだと。

大塚　しかも経験者は、いま問題があっても、それがいつまでも続くわけでもないということを知っています。たとえば、夜中に大声で叫ぶようになっても、しばらくすると症状が変わる。段階がありますから。

阿川　説得力が違いますよね。

大塚　「この時期を過ぎればなんとかなる」と教えてもらえるだけで、現状を受け止めるのに余裕が生まれますから。

阿川　母が生あくびをし始め、急激に血圧が下がり失神して、救急車で運ばれたことがあったんです。それ以来、「生あくびは危険信号」だと知ったので、二回目からは、動じずに対処できるようになりました。マニュアル化する必要はないと思うけれど、介護って毎日違うことが起きるわけで、バスタオルが必要なのか、おむつが必要なのか、その都度、考えなきゃいけない。親の介護って、最初は誰でも生まれて初めての経験です。でも世の中に、親の介護をし終わった人って意外と多いんですよね。そういう方のせっかくのスキルを、もっと生かせないでしょうか。

大塚　まさに。子育てと同じで、周囲の体験者の知恵と経験を持ち寄ることこそが、これからの介護社会における大きな力になります。

6　後ろめたさをもつ

阿川　「後ろめたさをもつ」。これ、私が思いついたんですけど、大事だと思っているんです。実は、母には「ちょっと仕事が忙しくて……」と言いながら、本当はゴルフに行っていることもありまして。ゴルフの帰りに母のところに寄ると、「忙しいのね。なんだか疲れた顔してる、寝なさい」なんて言うんです。本当はゴルフで疲れてるだけなんですが、その後ろめたさのせいで、優しくなれるんですよ。「私はこんなに頑張ってるのに！」って不満だけがつのると介護の疲れも倍増するでしょ？　「本当は私、ちょっとズルしてるんだよね。ヒヒヒ」っていうのを心の引き出しの中にひとつもっていると、余裕ができる。

大塚　まったくもってその通り。介護に限らず、この「後ろめたさ」こそが、対人関係を良くする妙薬ではないですか。

阿川　これはある意味、浮気をしてる亭主が奥さんに優しいのと同じ原理だと思うんですよ（笑）。介護は、精神的な疲れがすごく大きいから、どう軽減するかっていう方法を、自分なりに編み出す必要があるなと思ったんです。

大塚　常に張りつめていると消耗が激しいし、逃げ場もない。ましてや、介護の世界ではなかなか「ありがとう」と言ってもらえないし、ふっとどこかで息を抜くことは不可欠です。私はいつも「六十点主義でいい」と言っています。これってある種の後ろめたさを伴うでしょうけど、百点めざしちゃうと、間違いなく息切れします。これは介護に限ったことじゃないけれど。

阿川　人生全般においてそうですね。

大塚　そして、阿川さんのように忙しくお仕事をされている場合には、気分転換できる引き出しをいろいろもっておくといい。

阿川　息抜き上手は介護上手。なんてね（笑）。

大塚　とにかく完璧をめざさないことですよ。

阿川　私の場合、しっちゃかめっちゃかではありましたが、最初から完璧はめざしてませんでしたけどね。

介護されるほうも消耗する

大塚　それがいいんです。完璧にやろうとすると本人も消耗しますが、介護されるほうも実は消耗するんですよ。しょせんは介護の素人ですから、六十点をクリアできればそれでいい。いつまで続くかわからないんですから、介護する側が自分の精神をいかにいい状態に保つか。それが大事です。

阿川　そうですよね。だからこそ、後ろめたさをもたなきゃ。さっきの「仕事といいつつ実はゴルフ」もそうですが、父のためにすき焼きをつくっていたときも、砂糖が足りないだの、玉ねぎがかたいだの、毎回あんまりにも文句を言うからいやんなっちゃって。翌日、預っていた父のデパートのカードで、自分のタイツと下着をごそっと買ってやった。そうしたら、スカッとしちゃいました（笑）。

大塚　アハハ。だからね、そのためには多少の嘘をついたって、許されるのでは。そういう意味では阿川さん、家族介護の達人です。

阿川　もうね、笑いとズルで乗り切ることにしたんです。途中で力尽きないように。これからも手抜き、息抜きしながら、六十点主義でいきます。

7　イライラしたら笑っちゃおう

大塚　ところで阿川さんは、お母様を看始めてどれくらい経ちますか？

阿川　父が生きているうちに認知症は少しずつ始まっていましたから、もう六、七年でしょうか。幸い、急激に悪化せず、ゆっくりと進行中で。そこまで悲惨な場面を迎えないで、今にいたります。何より、母の性格のせいか、実に明るいボケ老人なんですよ（笑）。

大塚　明るいボケ老人ですか。

阿川　先日も、食卓のオクラを指差して「あら、何かしら、これは」って。食べてみたら美味しかったらしく、「はい、では、この野菜はなんですか？」と聞いたら、「うーん……。さっきまで覚えていたのよ」とか言いながら、答えられない。「オクラでしょ」って言うと「ああ、そうだ、オクラじゃない」って。しばらくしたらまた「あら、美味しい。何かしら、これは」と聞くから、「さっき言ったでしょ。はい、これは何ですか？」って聞くとまた「うーん……」と答えられない。「オクラでしょ。なんで忘れちゃうの」って言ったら、「覚えてることだってあるのよ」と。「よし！　じゃあ、何を覚えてるの？」って意地悪して聞くと、「何を覚えてるのかは……今、忘れちゃった」って。けっこう知恵を使うんです。

大塚　アハハハ。わざとやってるんじゃないかと思っちゃいますね。

阿川　そこだけ、どうしてシャープなのって。九十歳になるんですけど、部分的にものすごくシャープになるときがあるんです。それがもう可笑しくて。

お風呂に一緒に入る

大塚　阿川さんには、させられ感、悲壮感がないですね。それがとてもいい。

阿川　腹が立つことだってありますよ。でもね、母はかわいいんです。愛おしいっていうか。あと、母にしてみれば、やっぱり娘がいちばん遠慮がないと思っているかな。

私の兄弟は男ばかりですから。

大塚　認知症で介護が必要になったお母様に対して、愛おしいって、なかなか言えることじゃありません。お話を伺っていて、いちばん大きいのは、「お母様が大好き」という阿川さんの気持ちだと思いました。そういう前向きな気持ちは、相手が認知症であってもしっかり伝わっています。だから悪循環にならないんですよ。

阿川　へえ、伝わっているんですかねえ。

大塚　認知症の人って、そういう体からにじみ出るような気持ち、「気」には極めて敏感です。

阿川　感情的なことがわかるんですね。

大塚　うちの病院でも、時として「昨晩は患者さんが落ちつかなくて大変だった」という夜勤スタッフからの報告があれば、その原因の一部はスタッフ側にもあります。スタッフが患者さんに対して、どれくらい前向きな気持ちで接していたか、これによって患者さんの行動も決まるんです。不穏な気持ちで接すれば、患者さんは落ち着かない。わかるんですよね、相手の感情が。だから不眠にもなる。相性もありますが、やっぱり気持ち次第ですよ、気持ち。覚えておいてほしいのは、認知症の方は、言われたことは記憶できないけれど、相手が自分に対してどんな感情を持っていたか、怒りなのかイライラなのか愛なのか、そういうことだけは、きちんと記憶に残るんです。だから、難しい。

阿川　感情の記憶は、最後まで残るんですね。

大塚　キツく接すると、「この人は私に対して、いい感情をもってない」ということだけが残るから、それを繰り返すと、その人に対する恐れや不信感だけがつのることになってしまう。

阿川　だからこそ、介護する側の気持ちをフラットにしておかないと。伝わってしまうんですね。

大塚　そう、そのフラットが大事です。

母と一緒に寝る

阿川　「スキンシップ」は大切にしています。今、母とときどき一緒にお風呂に入っているんですよ。もう、一人でお風呂に入ると足元がフラフラしていて危ないなと思って。最初は、濡れてもいい服を着て母を洗ってたんですが、だんだん面倒くさくなっちゃって。こっちも裸になったら、母が、「キャー、恥ずかしい」とかひとしきり騒いだあとに、ぱっと私の裸を見て「あら、アンタ、お腹が出てるわね」だって！

大塚　アハハ。お母様、可笑しい。

阿川　まったくねえ。でも、一緒にお風呂に入ると、母の体の状況がわかって一石二鳥なんです。やたらとポリポリ掻いてるなぁと思ったら、あちこち虫に刺されていたり、足の爪が巻き爪になっていたり。下着の汚れ具合もわかりますしね。

大塚　なるほど。すばらしいですね。

阿川　あと、ごくたまにですけれど、母の布団にあえてもぐり込んでみるんです。母がキャー、ベッドから落ちるぅーとか叫びますけどね。母にとっては、たとえ娘の家であっても、見慣れぬ環境で眠ることは不安だらけなんだと思うんです。お手洗いや食べる場所も違うわけで、自分の家以外に泊まるのは非日常ですから。

大塚　おっしゃる通りで、特に認知症の場合、そういった不安をどう軽減させるかも大事なんです。

阿川　たとえば、寝かしつけるときにそのまま母の布団に入って、「寒い寒い」と言いながら布団をグイグイ引っぱったりしてね。「やだ、寒いよ」「こっちも寒いよ！」って。じゃれ合いながら。そしたら突然母が「よしよし」って頭をなでてきたから、びっくり！　急に母親の顔になったんです。一瞬、母性を取り戻すんでしょうかね。そういうときは、子どものようにわざと甘えてみせたりして。やっぱり、母親だったことを思い出させるのも必要かなと。

大塚　阿川さん、介護の優等生ですよ。

スキンシップは大事

阿川　いやいや。あとはね、ときどきギューッと抱きしめます。「痛い、痛い」とか言いますけど（笑）。

大塚　それは、本を読んで知ったとかではなく、ご自身の体験からなんですか。

阿川　どうでしょう。よく聞きますよね、スキンシップは大事だって。ただ、肌に触れたり手をつないだり抱きしめたり、子どもの頃、親にしてもらったことがないから、逆に憧れがあるんですよね、私自身。母も喜んでるし。

大塚　ご自身の経験の中から、本質的なことを見抜いておられる。

阿川　これ、本質ですか？　今朝だって、私が九時には家を出なきゃいけないのに、母は全然起きる気ナシ。「起きて！」って布団をパッとはがしたら、「あら、あんた、お化粧してるの？」って。「そういう問題じゃないから、とにかく早く起きて」と急かすと「あら、きれいね」とぼそり。そこでちょっと心が和らいで。でもその後も「なんで急ぐの？」「仕事に行かなきゃいけないから」「仕事って何？」「いいから早く起きて」「なんで起きるの？」「だから仕事に行かないといけないから」「仕事って何？」。これを延々十回くらい繰り返して、ようやく起きたと思ったら、「あらあんた、お化粧してるの？　きれいね」って。思わず吹き出しちゃいましたよ。怒鳴るのがバカバカしくなった。

大塚　そこですよ。普通ならイライラするところを、ご自身が笑いに変えてらっしゃる。阿川さんのお話を聞いていると、私のほうこそ学ぶこと大です。

8　介護にトラブルはつきもの

大塚　認知症の問題でよくあるのが、「いちばん面倒を見てくれる人を疑う」というケース。これ、本当に多いんです。突然、とんでもないことを言い出すんですよ。

阿川　お金を盗った。ご飯をちゃんと食べさせてくれない。いじめられているとかね。

大塚　特に対象になりやすいのが同居しているお嫁さん。我々からすればいちばん頑張っている人ほど標的になりやすいから困るんです。

阿川　毎日献身的に面倒を見ているのに、義母が周囲に悪口を言いふらすから、いつのまにか鬼嫁と思われちゃうとかね。

大塚　実の娘がいたりすると、もっとたいへんで。たまにしかやってこない娘は、母の言うことを信じて、日々介護をしている嫁に文句をつける。

阿川　自分の後ろめたさの裏返しで、何か口出ししないと気が済まないんでしょうね。

大塚　自分の母親ですからね、まだまだ正常だ、元気だと信じたい気持ちもあるんでしょう。厄介なのが、ふだん嫁の前ではおかしな言動のある母が、たまにやってくる娘の前ではシャキッとするんですよ。

阿川　娘は「ほらやっぱり、母はそんなにボケてないじゃない」って。

大塚　そう！　だから実際の状態より、周囲の人は認知症が軽いと思ってしまう。

阿川　お嫁さんとしては、これだけやってるのに……と報われない思いがつのる。

大塚　それで人間関係がぐちゃぐちゃになるケース、たくさんありますよ。ですから、たまにしかやってこない娘も、せめて三日三晩は母と一緒に過ごしてみるべきなんです。そうすれば実態が明らかになる。もっとも、様子を見に来て三日三晩も一緒に居て面倒を見てくれるような娘ならば、嫁さんとももめないんでしょうけど。難しいところです。

阿川　たまに会う人にはこよなく愛想がよくて、一緒に暮らす人には不満があるのが老人ですね。やればやるほど報われないのが介護。ちょっとケースは違いますが、うちの母にも似たようなことがあります。私が「疲れたから、たまにはご飯つくってよ」と頼むと「ご飯？　うーん……」とか言いながらソファでゴロゴロ。もう一度「母さん、ご飯つくって」と言うと「うーん……、今日は疲れちゃった。明日つくる」とソファでゴロゴロ。ところが翌週、弟一家がやってくると、とたんにキビキビ働くんですよ。けっこうマメに。「男にはさせてはなるまい」という意識が残っているんでしょうね。一方で娘が来ると、自分がやる必要はないと思うみたい。

大塚　認知症の方のそういう状況判断力には、いつも驚かされます。ふだん一緒にいない人が来たらいいところを見せようとするし、ちゃんと辻褄《つじつま》が合うような話をしますし。その場を取り繕《つくろ》う能力は認知症の方もあるんだなと。それが最大の誤解を生むんですけれど。

ドーターー（シスターー）・フロム・カリフォルニア・シンドローム

阿川　母は、たとえば大塚先生のようなお客様がみえたら、急にシャンとして「まあ、いつも娘がお世話になっております」ときちんと挨拶するんです。だから、男の人に対する意識をちょいと利用したほうがいいんだと思うことも。

大塚　それは女の人が来たとしても、的確にわかるんですよ。ちゃんとしなきゃって。緊張場面をいかにつくるかっていうことですよ。

阿川　そうそう、緊張場面ね。

大塚　だから認知症については、一緒に住んでいろんな場面を見てる人じゃないと、本当のところはわからないですよ。

阿川　アメリカでも、「ドーター（シスター）・フロム・カリフォルニア・シンドローム」っていうのがあるらしいですね。介護専門のお医者様に聞いたんですが、たまにカリフォルニアから帰ってきた娘（妹）が、「こんな病院にお母（姉）さんを入れるなんて。まだ元気じゃないの」とか、「こっちの病院のほうがいいんじゃないの。私の知り合いがすごく懇意にしてるから、こっちで治療を受けたら？」「セカンド・オピニオンを求めたほうがいいんじゃない？」とか、よかれと思って新しい意見を入れるんですって。だけれども、毎日面倒を見ている人間からすると、「たまに帰ってきて、勝手なことを言うなよ」って、そこで大もめになる。こういうのは介護シーンの日常茶飯事だとか。日本人に限らず、地球全体でもめてるんですね。

突然現れる、遠くの親戚の医者

大塚　初期段階ではなく、終末期に近くなっても似たような問題はあります。終末期を迎えている患者さんに対して、医療の関わりをどうするか。それこそ「そろそろ点滴の量も絞ったほうが苦しくないんじゃないか」など、なるべく苦痛の少ない終末期の実現に向けていろいろな手だてを相談するんです、しょっちゅうお見舞いに来ているご家族とね。ところが、いよいよという頃になって、遠くにいる親戚の医者というのが出てくることがあります。

阿川　遠くの親戚の医者……？

大塚　来るなり、「こんな状態で飯も食えないのに、ここの病院では点滴もしないのか」と言い出すんです。それこそ今は、注射をすれば栄養分だってたっぷり入った中心静脈栄養もあるし、胃に穴を開ける胃ろう、あるいは鼻から管を入れる鼻腔栄養もある。そういう選択肢を我々はさんざん検討した結果、やらないことに決めたんです。

本人も苦しまないだろうと。ところが「自分たちがラクをするため手抜きをしているんじゃないのか」……。

阿川　……と、遠くの親戚の医者が言うわけですか。

大塚　ほんとに、困ったものです。現場も混乱するし、かといって言った当人は何の責任も取らないんですから。

阿川　お医者さんでもそうなんだから、私たちも最初から介護にトラブルはつきものだと割り切って、覚悟しておいたほうがいいんですね。

9　認知症でも一人暮らしを

阿川　父は入院後、「ここで俺は母さんと別々に死ぬのかね」としきりにぼやいてました。母と離れるのが寂しいのか、「おい」と呼べる相手がいなくてつまらないのか、やっぱり愛していたのか（笑）……。そのうち、母が見舞いに来ると「お前もここに入れ」と言い出して。母は少し認知症が始まっていて、私はそれもアリかな、こんなホテルみたいなところだったらいいかな、と思って先生にご相談したら、「お母様はまだ入る段階じゃありません。自宅での生活能力がありますから」と言われましたよね。

大塚　そうでしたね。私は老人病院の会長ですが、高齢になっても、できるだけ自宅での生活を続けた方がいいと考えているんです。

阿川　あの頃は、ひととおりの家事はまだ一人でできていました。先生は、「認知症が始まったからといって、急激に身の回りのことを周囲が手助けしすぎると、さらに症状は進みます。だから認知症があっても、一人でまがりなりにも出来るうちは、そのほうがお互いにいいのです」というお考えですよね。最初は驚きましたが、なるほどな、と腑に落ちました。

一人暮らしは老化防止の特効薬

大塚　一人、あるいは高齢者同士の暮らしは、少々体調が悪くても自分で動かなければいけなくて、緊張感があります。一見苛酷に思えますが、老化防止や認知症の進行を防ぐ特効薬でもあるんですよ。

阿川　周囲の人間が、すべて手をさし延べる、あるいは施設に入っちゃうと、そこまでの緊張感はなくなりますからね。

大塚　これまでそれなりに自分でやってきた生活全般のことが人任せになる。というよりやらせてもらえなくなる。結果として気力が落ちるし、体を動かさないから体力も低下する。以前は、不完全ながらやっていたことが出来なくなって、認知症に拍車がかかる。周りがよけいな世話をやくことで、結局何もできない存在にしてしまうわけです。そうなると、家族側は、それなりに元気だと思って同居したのに、何もできないから大変だと対応に困って、どこかに預けちゃう。こんなことなら一人暮らしを続けさせておいた方が良かったのに、となるのです。こういうケースはいくらでもあります。

阿川　よかれと思ってやったことなのに、そこの塩梅が難しいですよね。

大塚　たとえば、自分の親を一人暮らしさせていたとします。朝になったらちゃんと起きて三食を自分で食べ、お風呂も毎日のように入って家の中もきれいに保てる。ゴミもちゃんと出す。ところが、認知症が始まると、そうした日常のことが、少しずつできなくなってきます。朝はなかなか起きてこない。夜になっても寝ずにいて、生活のリズムが乱れる。食事も一日に二回ぐらいしか食べてない。お風呂にはしばらく入ってないらしい。

「火事を出すんじゃないか」は余計なお世話

阿川 そうなってくると、ご近所で悪い評判が立ち始める。「あんなヨレヨレ老人を一人で放っておいていいのか」と。

大塚 家族はその圧力に耐えかねて、引き取って同居するようになります。そばで見てると全部危なっかしいから、家族がいちいち手出しをします。途端に何もできなくなっちゃうんですよ。

阿川 たしかに……。

大塚 かなり認知症が進んでも、ある程度のレベルを保つ生活は十分可能なんです。認知症の方だって一人暮らしはできます。その人なりに自分の持てる能力を最大限に使って生活できるのに、周りの人が何かやってくれるとわかると、自分ではもう何もやらなくなる。逆に、自分で何かやると、叱られてしまう。失敗を指摘されるから、どんどん萎縮する。悪循環ですよ。

阿川 そうなんだ……。

大塚　認知症の方の一人暮らしは、もちろん元気なころの生活とは違います。でも、病院にいるのではないのだから、お風呂に毎日入らなくたって、ご飯も一日三食食べなくたって、部屋が汚くたって、夜寝なくて朝起きられなくたっていいんです。そんなの、生きることにおいてなんの障害にもならないわけです。

阿川　そのご意見には驚きましたよ。だってやっぱり、きちんと生活できてないと心配になるじゃないですか。転んだら立ち上がれないぞとか、火事をおこしたら大変とか……。

大塚　それは、私たち周りが思う普通の生活、型にはまった暮らしでしょう。本人が別に困ってなければそれでいいんです。自分なりにちゃんとした一人暮らしをしていると思っていれば。よく火の元の始末を心配されますが、認知症の方も、結構注意をしていますよ、能力が落ちたなりに。ゼロとは言わないけれども、周りの人が思うほど危険なことってまず起きないんです。「こんなことをしていたら、そのうち火事を出すんじゃないか」「飢え死にしてしまうんじゃないか」などと心配する方が多いですが、私にいわせれば、余計なお世話ですよ。一人暮らしを続けることは、本人にとってはやり甲斐であり、生きている証なんです。もっと世間が寛容にならないと。

阿川　その不寛容さが、結果的に本人のもてる能力を削ぐことになり、衰弱を早めるんですね。でもなあ、難しいところだなあ……（笑）。

10　孤独死で何が悪い

大塚　一人暮らしをしていて最終的に、誰も知らない間に亡くなったとします。それを世の中では「孤独死」なんてマイナスイメージで言いたてますよね。だけど私は、「孤独死で何が悪い」って思っています。人のいるところでなきゃ、死んではいけないのかと。

阿川　猫は人が見てないところで命を終えるといいますよね。死期を悟ったら、自ら死に場所を探していなくなると。人間は社会と科学と医療の力で、一人で死なせてもらえない世の中になったんですね。のたれ死ぬことができなくなっちゃった。

大塚　孤独死は「社会や国のせいだ」「家族が悪い」という論調です。人は必ず誰かの見ているところで旅立つべきだといった「あるべきだ論」が今、すごく盛んですね。

一方で人それぞれの生き方があってもいいなどといいながら、どんどん縛りがきつくなっている気がします。最期くらい、人知れず死にたいと思う人だって、いてもいいと思うんですよねえ。

阿川　でも、雪山に入る勇気はないしなあ。

大塚　もちろん、積極的にそんなとこ行かなくてもいいけれど、高齢者がある日突然ぽっくり死んでいた、というのは世の中いくらでもあるんです。それはそんなに困ることなんでしょうか。家族と一緒に暮らしていて、誰にも気づかれずに死んでいることも、いくらでもあるし。まあ関係者としては、世間体とか手続きで困るんでしょうね。

どこまで放っておいていいのか

阿川　実際、高齢者、あるいは認知症の方をどの段階ぐらいまで放っておいていいのでしょうか。先生は、「ここはさすがに一人にさせておけない」と普通の人が考えるラインよりも、相当あぶないレベルまで、放っておいてよいというお考えなんですね？

大塚　そうでしょうね。それは結局、どこまで「一人で死なせてもいい」と覚悟できるのか、ということでしょう。孤独死が社会悪だと家族やその周辺が思っているなら、引き取るか預けるしかない。でもね、さっきも言ったとおり、まずは家族の常識、思い込みをいったん変えてみないと。

阿川　つまり、「三食ちゃんと食べて、身ぎれいにして、お風呂には少なくとも週に二、三回は入って、夜になったらちゃんと電気をつけて」がいい、という考えを捨てる。これ、なかなか難しいですけれども。

大塚　「どの段階で一人暮らしをやめさせるべきか」なんて議論をするのは、本人が決めることじゃなくて、周りが決めることだという前提ですよね。そうなると「どの程度、安全か、自分たちが非難されないか」だけが基準になってしまう。やっぱりね、私はもっと多様な考えが許される世の中であってほしいと思います。

11　施設に預けるのは親不孝ではない

阿川　いよいよ一人暮らしは難しいとなったらなったで、家族が引きとるか、施設に預けるかで悩む方も多いと思います。これだけ高齢化社会になっても、「やっぱり親の最期は病院や施設じゃなくて、自宅で迎えさせなきゃかわいそう」という意識は抜けないですよね。

大塚　私が病院を始めたとき（一九八〇年）は、もっとそうでした。施設に親を預けるなんて、親不孝の代名詞のようなもの。日本の伝統的価値観として、住み慣れた家で家族が最期まで面倒を見るのがよいとされてきましたから。でも、時代は変わりました。昔は大家族だったし、高齢者も数としては多くなかった。ところが今や核家族化が進んだし、高齢者がものすごい勢いで増え、しかもみんな長生きするようになった。介護の最大の担い手だった女性も社会に出て働いている。つまり、親の面倒を見たくても見られない人が増えているんです。家族による介護には限界がきているのに、古い価値観に縛られて苦しんでいる方がたくさんいます。預けたことを、周りには極力言わないようにする人だってまだまだ多い。

阿川　姥捨て山に置いてきたような気持ちになっちゃうんですかね。

大塚　社会の構造がこれだけ変わったのに、いまだにその風潮は根強いですよね。ヨーロッパの場合は、親と子の関係がもっとドライなんですよ。成人したら親は親、子は子で暮らすから、次世代との同居率が極めて低い。だからナーシングホームといわれる施設に入るのは普通のことです。むしろ施設をちゃんと整備して質を高めるのが社会の知恵という考えです。

阿川　親は、ナーシングホームに自分の意思で入るんですか？

大塚　そうだと思います。

阿川　でも、認知症になったり、体が弱ったあとだと、自分で探してきて、入る決心をするのはなかなか難しいですよね？

大塚　親は親で、自分の身は自分で処す社会ですから、自分で決めるんでしょう。またナーシングホームに入ったからといって、子どもに見放されたとも思わないし、子どもも何の罪の意識も持たないと思います。

阿川　日本もいずれ、そうなりますかね？

大塚　かなりそうなってきてます。実際、当院で亡くなった方のお葬式に行くと、ご遺族代表の挨拶のなかで、「最後は病院に預け、とても良い最期が迎えられた」と堂々と述べられることも珍しくないですからね。

12　愛情だけではうまくいかない

阿川　高齢者の一人暮らし大歓迎、孤独死のどこが悪いと、先生のお話を伺っていると、なるほどごもっともと思いますけど、それは自分自身の今後としては納得できても、いざ、自分の親の介護を考えると、なかなかねえ。そういえば、先生に教えていただいた川柳で面白いのがありましたね。

大塚　「わが親を人に預けてボランティア」ですね。自分の親の面倒は見られないけれど、他人の親ならうまく看ることができる。これはほんとに、介護の神髄をとらえた名句です。介護には、愛情さえあれば家族がいちばんうまくやれる、という大きな誤解がある。あれはとんでもない考えちがいだと思います。

阿川　とんでもない考えちがい!?

大塚　何よりね、親子であるがゆえの難しさがあるんですよ。親が認知症になると、それまで子どもが抱いていた親のイメージが、ガラガラと崩れていく。同じことを何度も何度も言うようになり、お漏らしをしたり、ときには自分の汚したものを壁になすり付ける。夜中に家族の隙を見て冷蔵庫を開けて、生の肉を口に入れちゃう。突然ドアを開けて町中に出ていっちゃう。そんなこと、子どもとして見てられますか。

阿川　まずショックを受けますすね。

大塚　そうすると、家族はつい言葉がキツくなります。認知症の方は結局、自分の頭の中に残っている記憶と照合しながら、いま起きてることに対して最適の行動をとろうとしていますから、本人としては、自分で考えたうえでの行動や言葉なんです。だから、いちいち家族や子どもから叱責される理由がわからない。今まであんなに優しかった娘が、あんなに優しかったパートナーが突然、自分を非難し、責めるようになり、言われた側は何が何だか分からない。だから結果として、本人の精神状態は悪く、不安定になります。

阿川　でも子どもにしてみれば、あれだけ自分のことを見守ってきちんと世話をしてくれた優しいお母さんが、なんでこんなにみにくい姿をさらしちゃうの……と、特に夫や息子の落胆はとてつもなく大きい。そういうお母さん、妻の姿は見たくないという。

大塚　男性だって同じですよ。あんなに偉大で仕事ができて信頼の厚かった人が……となりますから。結局、期待する人間像と現実に大きなギャップが生じる。そしてそれに家族は耐えられない。だから、子どもが、「そんなのダメでしょ！」などと、いちばん厳しく当たってしまうんです。

身内の甘えは最大の敵

阿川　身内だからこその甘えもあるんでしょうね、お互いに。

大塚　まさに。身内による介護のもう一つの敵はお互いの甘えです。介護を受ける側は、この程度はやってくれてもいいと思うし、介護する側からしてみれば、この程度は我慢してくれてもいいのでは、と思ってしまう。お腹すいたからご飯ちょうだいと言われても、家族はほかの仕事もあるから、もうちょっと待ってくれと。まだか、まだかって催促されても困る。こうして、どんどん人間関係が悪くなっていく。認知症が入ってくると、ますます悪化します。

阿川　今までおならをしなかった母が、人前でブーッとするようになるだけでもショック受けましたよ。えー、母さんっておならしない人だと思ってたのにってね。でも、そういう生き物だと思って接しているうちに、だんだん慣れてきますけどね。

大塚　親を看る、特に認知症の親を看るって本当、大変だと思います。物理的にもより精神的に。

阿川　そうですね。慣れたと思いつつ、「昔に戻って欲しい」っていう気持ちと常に戦っている。

大塚　だけど、それがもし他人だったら受け入れられるわけ。もともと、そこまで期待する人間像をもっていないから。

阿川　そうかあ。

体を起こす、食事の介助……すべてプロの技

大塚　だから、そこに他人を絡ませたほうが、お互いにいいと思います。ワンクッシ

ョン入れるんですよ。身内の世話こそ、他人に頼むほうが双方にとって幸せ。

阿川　他人の前だと、案外、いいところを見せようと、ちょっと緊張したりしますしね。

大塚　そうそう。それに他人はやっぱり、プロとして関わるわけだから。

阿川　プロのスキルはちがいますか。

大塚　知識、経験、技術。片手間では介護はできません。

阿川　病気の部位を見るだけじゃなく、全体を見なきゃいけないし、その人の性格とか好みとかも考慮しなきゃいけない。ある意味、高等技術ですね。

大塚　そのとおりです。でもいまだに介護の仕事は「その気さえあれば誰でも簡単にできる」「素人が見よう見まねで、気持ちさえあればできる」みたいな感覚がありますね。結果としてまだまだ世間の評価が低い。そういう世間の意識を変えていかないといけない。それが私の役目です。プロの立場からすると、体を起こす、位置を変える、食事の介助、排泄の世話……簡単そうに見えてすべてにコツがあるんです。

阿川　そうそう。私の友人のお父さんが寝たきりになっちゃって、自宅でお母さんと二人で面倒みてたらしいんですが、お父さんの体をベッドの上で動かそうとして、お母さんが骨折しちゃったって、聞いたことがあります。

大塚 介護される側だって大変なんですよ。体を起こしてもらうだけでも、素人がやると力ずくになりますから。プロに介護を受けた人はだいたい、素人にされると「施設ではもっとラクに体が起こせたのに」って話になりますよ。ちょっとした道具を使うだけで、負担を軽減できることがいくらでもある。それこそが知識と経験と技術です。家族による介護はお互いにとって負担だということを、もっと世の中は認識すべきです。

阿川 本当にそうですね。

犠牲者は独身の娘

大塚 親は自分に介護が必要になったとき、まず独身の娘に面倒を見てもらおうと考えるそうです。それで、娘さんが会社をやめて親の介護に専念するというケースが結構あるんです。

阿川　一般的に「息子より娘に看てもらいたい」という気持ちは強いって言いますね。で、娘が断ったら、もう極悪人みたいに言われて……。

大塚　ハハハハ。まあ、安易に考えれば、家族に看てもらうなら奥さんか娘だと。

阿川　娘が独身だったりすると、親は結構あてにしますよね。仕事をもってる娘を退職させて介護をしてもらうとか、手があいてるだろうと思われがちなんですよ。

大塚　不思議なもんですよね。しかし、独身の娘さんが会社をやめてまで面倒を見ても、何年か後に親が亡くなったら、そのあとどうやって過ごすんでしょうか。

阿川　おそらく再就職の口もないし、遺産だけで老後は保障されないでしょうからねぇ。よほどのお金持ちじゃないかぎり。

大塚　パートで非正規社員として働いたとしても、これから先の人生は一体どうなってしまうのか。経済的な問題もあるけれど、社会との関わりが切れてしまうことの方が大きいでしょう。だったら自分の親をプロに預けて、自分はその支払い分を稼ぐぐらいのつもりで、仕事をやめずに、社会的役割をはたせばいい。役割分担をしてその時期をしのぐ。そのように考えることが、かなり大事ですね。

13　必要とされる状況をつくる

阿川　認知症がよくなるということはあるんですか？

大塚　いったん始まると、完全に元に戻るということはないです。ただ、認知症が一直線にどんどん進行するのをある程度抑えることはできます。一旦落ちていたものが、七割くらいまで回復するというイメージですが。

阿川　何をするのが効果的ですか。たまにしか来ない家族の前ではシャキッとするように、ときどき緊張する場面を与えるとか？

大塚　最も効果があるのは、自分が周りから注目されること、あるいは必要とされることでしょうか。たとえば、認知症が始まって、自分の日常生活にも周囲の助けが必要になっていた男性が、ある日、奥さんが倒れて寝たきりになり、面倒を見なきゃならない状況になった途端に、認知症が軽くなるケースです。

阿川　へえー、そんなケースが！

大塚　ただ、奥さんが亡くなってお葬式が終わった途端に、また突然、認知症がぶり返す。そんなことはいくらでもあります。人間の力ってすごいなと思う瞬間です。そういう意味では、人間は本当に社会的な動物です。「自分がやらなければこの場は回らない」という状況におかれると、その人のもっている最大限の能力、残されたものが活性化されるんですよ。

「なんで起きなきゃいけないの？」

阿川　やり甲斐のようなものがあるのとないのとでは、ずいぶん違う。

大塚　私の母は九十九歳五ヵ月で亡くなったんですけどね、九十代の半ばから、「本当に早くお迎えが来ないかなと思って、ずっと待ってるんだ」って。「だって、今日、目が覚めたら、また昨日と同じようなことをしなきゃいけないんだよ。自分はなんの役にも立たないでみんなの世話になって、一日一日、また生きなきゃいけないのは、けっこう辛いことだよ。お前もきっとね、この年になったらわかると思うけど」と繰り返してました。

阿川　父も、ときどきこぼしていました。毎日朝起きて、文庫本を読む以外なんの楽しみもない状況を、いったいいつまで続けるんだと。根がケチですから、「ここは毎月幾らかかるんだ。無駄にどんどん金を落とす必要があるのか。もういい加減死にたいねえ」って。

大塚　お父様らしい。

阿川　最近、母が朝、なかなか起きないんです。今朝も「朝なんだから起きて！」って言うと「なんで起きなきゃいけないの？」と。さらに「起きて、何をするの？」って……。

大塚　そう言われると、返す言葉に困りますね。

阿川　起きて何かやらなきゃいけないことがあるからこそ、眠い目をこすってでも布団から起き上がる。「なんで無理矢理、起きなきゃいけないの？」と聞かれると、二の句が継げなくなります。

大塚　役に立つこと、期待される役割があること。やはり、人間の生きる意欲の源はそこにあるといってもいいかもしれません。

趣味の会ではダメ

阿川　火を使うと危ないこともあって、母はもうまったく料理をしませんが、先日弟一家がうちに来たとき、孫が「お祖母《ばあ》ちゃんの木須肉《ムウスウロウ》が食べたい！」とせがんだらしく、珍しく台所に立ったらしいんですよ。それを聞いてびっくりして。

大塚　それこそ、必要とされたからですよ。期待に応えなきゃってね。

阿川　必然が必要なんでしょうね。たとえばデイサービスでも、手芸やお絵描き、工作といったプログラムがあるんですが、母は物忘れはするくせに、「馬鹿馬鹿しくて……」とか言ったりする（笑）。一応、素直につくってくるけど、のめり込むことはないんです。必然がないからかしら。今から新しい趣味を見つけるのはむずかしいですかねえ。

大塚　たとえばお母様が描いたハガキを一枚二百円で買ってくれるところがあると言った途端、きっと張り切りますよ。お金を稼ぐという意味ではなくて、自分のやったことの価値を認めてもらえるってことですから。

阿川　確かに。

大塚　だから、認知症予防のためにと趣味の会に通うだけではダメです。雨が降ったら行かない、風邪気味だから行かない程度の関わりでは意味がない。「自分が行かなければその会が成り立たない」「その会の世話人だ」というレベルだと、認知症予防になると思います。さらに、街角にベンチをたくさん置いて、雨の日も晴れた日も「朝から夕方までそこに座っていたら、時給五百円を差しあげますよ」と言ってごらんなさい。

阿川　私、行こうかな！（笑）

大塚　学校の行き帰り、子どもたちが「おばあちゃん、おはよう」「おじいちゃん、さよなら」「おう、頑張って」ってね。町の防犯の助けにもなるし、張り合いが出る。

阿川　日光浴にもなるし。

大塚　自分たちは役に立ってると感じられること。これが大切ですよ。

阿川　生きる役割が感じられる場を、周りが考えればいいんですね。

14　認知症の早期診断は家族のため

阿川　認知症の原因は、どこまで分かっているんですか？

大塚　私は精神科出身ですし、こういった病院を開設していますから、時代にさきがけて多くの認知症の患者さんに対応してきたと思っています。ですが、その原因や予防策は、わからないことが多いんですよ。

阿川　これだけ医学が進歩していても？

大塚　はい。確実なものはないと思っています。

阿川　たとえば、認知症予防にいいといわれる、指先を動かすとか、脳トレをするとか、土をいじるとかは？

大塚　ピアニストだって認知症になりますからね。認知症にはタイプがいくつかあります。なかでも多いのは、ふたつあって、脳血管が詰まったり破れたりすることで起こる脳血管性認知症と、脳神経細胞が死滅し、脱落して起こるアルツハイマー型認知症です。治療法は似たようなもので、後者は今もって原因も不明です。とにかくまだ、わからないことが多いんです。

阿川　認知症になりやすいタイプ、なりにくいタイプというのはあるんですか。

大塚　それはあまりないように思います。元々明るい人、活動的な人は、なりにくい印象はありますけど。認知症の発生率は七十五歳を過ぎると急激に上がります。ただ、九十歳過ぎた方でも、確か三〇%は認知症にならないと言われています。

阿川　九十歳を過ぎると七割は認知症になっているとも言えるわけですね。高い確率ですね。最近癌の患者がすごく増えたっていうでしょう？　それも、長生きする人が増えたからとか。昔は、癌になる前にみんな死んでいたわけですよね。認知症も同様ということなんですね。

大塚　ええ、その通りです。七十五歳より前に死んでしまえば、認知症になる可能性はぐっと低くなるということですね（笑）。

阿川　ある意味、究極の予防策ですね。でも寿命はままなりませんからねぇ。

大塚　私たちは年をとれば確実に物覚えが悪くなります。認知症かそうでないかという境目は、生活に支障があるかどうかです。本当に生活に差し障りがあるような物忘れが出てきたときに、初めて認知症ではないか？　と疑えばいいんです。

阿川　先生、私、昔から物忘れがかなり激しいんですが（笑）。でもこれまでなんとかなっているのは、忘れても支障がないレベルだから？　いや、周りがカバーしてくれているからかも。つまり生活能力なんでしょうか、認知症の問題は。

大塚　そうとも言えますね。ただ、阿川さんは何といっても明るいし、活動的なので、認知症にかかりにくいタイプかもしれませんね。

認知症治療薬の現状

阿川　いやいや、だいぶアヤシイ感じなんです。認知症の早期診断ってメリットはあるんですか？

大塚　早く発見して早くから治療すれば、などと言われますが、現実にはどうですかね。治療といっても現段階では、進行を少しの期間、遅らせる薬があるといった程度です。また現在使われている認知症の治療薬は、世間の思っている以上にいろいろ副作用があり、薬を使うことで認知症状が悪化する例もたくさん見てきました。安易に服用するのは、考えものです。

阿川　うちの母、使ってますけど、とりあえず副作用はないみたい。じゃ、決め手になる薬は、今もってないということですか。

大塚　その通りです。でも私は、認知症の早期診断は、患者さんのためというより、ご家族のためにあると思っているんですよ。

阿川　というと？

大塚　認知症の方の言動は全部、その人なりの理由があります。本人にとっては正しいことなんです。だから、周囲はすべてを受け入れて対処するしかありません。となれば早期診断は、ご家族が対処の仕方を早く学べるという意味で、メリットがある。

阿川　早く知っておけば慌てずに対処できるし、ちゃんと受け入れるために腹をくる時間もできるってことですか？

大塚　そうです。認知症のいちばん辛いところは、本人はともかく周囲が、それを「なかなか受け入れられない」という点ですから。

15　介護される立場で考える

大塚　認知症の初期は、当人にとってもなかなか辛い時期です。忘れっぽくなって簡単なこと、やりなれていることがうまくできない。周囲の人の態度も何となく変だ、などのことが感じられるからです。他人に迷惑をかけていることがわかるんです。でも、自分ではどうしようもないし、惨《みじ》めで辛い。それに加えて、過去の記憶が失われていくわけですから、自分自身が失われるような気になっていく。どうなっていくんだという恐怖があります。不安だし、自信も喪失する。

阿川　そういえば母も、物忘れが始まった当初はものすごくイライラしてけっこう機嫌が悪かったです。それもきっと、そういった不安からなんですね。

大塚　こんなはずじゃないという思いも強い。

阿川　父に忘れたことを叱責されるたび、「いいえ、私は覚えてる」って思いの外、強く主張して、泣いたりしてましたもの。

大塚　「私のことをボケ扱いして！」という怒りの感情と、思い通りに動けない情けなさと。

阿川　自分自身が認知症だということをちゃんと認識するまでに、ある程度時間はかかりますね。でも、認識する頃には、認識したこと自体を忘れちゃうだろうからなあ……。

大塚　自分自身を認知症として認識することは、いつまで経っても難しいと思いますよ。

阿川　本人がそうなんだから、家族だってなかなか受け入れ難い。

大塚　そこがいちばん、認知症のたいへんなところです。

阿川　母の認知症が始まって、さてどうするかという家族会議のとき、父を含めた男性陣は「母がボケ始めた」ということを、なかなか受け入れなかったです。

大塚　娘の阿川さんはそのへん、男性陣よりは早く受け入れられた？

男は解決策を考え、女は対処法を考える

阿川　というか、一般的かどうかわからないですけれど、女はどんなに夫婦げんかしても、頭の片端で、「今夜のおかず、何にしよう」って考えているところがあるでしょ。だから、母がボケたのは悲しいけど、とりあえず、ボケたことを前提にして、次にやるべきことを考える。

大塚　目の前のことに対処することが先。

阿川　でも、男性陣、とくに父は「もう一度試してみよう」って挑戦しようとする。たとえば、父の病院に母を見舞いにつれていったときも、「お手洗いの流す場所はわかるのか」と聞かれた母が「わかりますよ、失礼な」と言うんだけれど、やっぱりわからない。父はそれを見て「さっきわかるって言っただろ。言ったのにわからなかったじゃないか」って責め立てるんです。「いや、それはもう、しょうがないでしょ」と私が言っても「もう一度、流してきなさい」と母を教育しようとするんですね。海外で離れて暮らす弟もとくに母親っ子だったから、父と同じように、なんとかしても

とに戻すことはできないのかと、必死で母に忘れないようしむけるんです。

大塚　そのあたりの対応は、女性のほうがいつも現実的なんですよ。

阿川　それともうひとつ、男性は解決策を考えようとする傾向がありますね。たとえば「もうここに住むのは無理だから、母さんを小さなマンションに移そう」とか。母をケアする立場から考えたら、庭がないほうが安心だし、戸締まりの問題もあるし、火の元の問題もあるから、マンションのほうがラクかもしれない。でも、バリアフリーになっていないなどの問題はあるけれど、母にとってはなじみがある家だし、まだ当時は庭いじりも楽しみのひとつでしたから、私は「母の気持ちはどうなのか？」って考えることのほうが、大事だと思ったんです。

大塚　そう。家族として、当の本人にとってはどうかという視点は、絶対に忘れてはいけませんね。

16　名医の条件

大塚　医師が「ここで点滴をしなかったら、あと一週間ももちません。どうしますか?」と聞いたとします。家族は寿命だと思って「もう点滴は止めてください」と応え、医師が止めたとします。そうすると、亡くなった後、家族には「あのとき止めてくださいと言わなかったら、もっと生きられたかもしれない」という思いがずっと残るものなんです。だから医師は、そういう聞き方をしてはいけない。

阿川　どう聞くんですか?

大塚　「ここで点滴をしなかったら、あと一週間ももちません。どうしますか?」と言った後に、「私は、自分の親だったらしませんけどね」あるいは「自分だったら、してもらいたくないと思いますが」というひと言を付け加えます。それなら、家族は

「そうですよね」と言えばいい。

阿川　先生がたちまち同志に見えてくる。同じ仲間のような……。

大塚　あるいは、そんなことを聞かなくたって、ご家族の日頃の言動を見ていれば、もう、そろそろいいと思っているなとか、なんとなくわかるんです。それこそ忖度《そんたく》しながら、あうんの呼吸で決めていくのが、名医の絶対的な条件だと私は思います。

阿川　家族が罪悪感を抱え込まないように……。

大塚　そうです。それは本当に、医師の説明の仕方にかかっています。家族が罪の意識を背負わなくて済むようにするのが、最大の優しさでしょう。

阿川　残された側の心の問題にも、十分な配慮が必要なんですね。

自分の親だったらどうして欲しいか

大塚　結局最後は、残された家族がどう思うかです。点滴の例とは逆に、あんなに辛く惨めな形で死ぬんだったら、医療的処置はやめてもらえばよかった、という気持ちがご家族に残ることも避けなければならない。たくさん管を入れられたまま亡くなれば、それはそれでご家族はずっと後悔する。そういう意味で我々は、結果責任として、ご家族に後悔をさせないかどうかを基準に、判断しているんです。

阿川　ただ、今の時代は、医療についても、いろんな情報があふれていますよね。よくあるのが、お医者様に余命あと二ヵ月と言われたのに、半年生きたとか、一年も生きたとかいうケース。そういう例を知ってしまうと、ここで諦めてはいけないんじゃないかって思いが、頭をよぎるんですよ。

大塚　それは、ありますね。でも、どれぐらい余命があるのかは、我々のような医師でもまったくわかりません。だから、「私だったらこういう判断をします」と自分の考えを伝えるしかないんですよね。

阿川　たしかにうちの父も、もう先は短いかもと先生がおっしゃった後、急激に元気になりましたしね。

大塚　不思議なんですが、命の終わりまでが一直線じゃない方もいます。寿命って、本当のところは、誰にもわからないです。昔から「人は病気で死ぬんじゃない、寿命で死ぬんだ」という言葉があるくらいです。

阿川　父のときは、なんだ持ち直したぞ、って気持ちになっちゃいましたけど（笑）。

大塚　自分の親がどんな死に方をしたか、私はいまだに思い出します。だからこそ、自分の親にしないこと、したいと思わないことは、他人の親にもしない。「自分の親だったらどうして欲しいか」を、常に判断基準としています。

末期癌の医師のドキュメント

阿川　医師として親を看取るというのは、どんなものなんですか？

大塚　それは非常に難しいですね。昨年、テレビであるドキュメンタリー番組を観ました。夫婦とも医師で、長年にわたり診療所を開いて末期癌の人の看取り医をやっていたところ、ある時、ご主人のほうが膵臓癌になってしまった。

阿川　看取り医ご本人が癌になっちゃった。

大塚　気がついた時はもう末期でした。そこで看取り医であるご主人は、「理想的な人生の終わり方を見せてやる」と宣言して、テレビの取材を受けることになったようです。「俺の死ぬまでをずっと追っかけていい」と。実際、最期の死に顔も見せて、火葬場でお骨になったところまでちゃんと映っていました。

阿川　なんという覚悟！

大塚　だけど、これが大変で。奥さんも十年以上にわたり末期癌患者の看取りをご主人と一緒にやってきたんですが、自分の夫が死ぬということを受け入れられず、最後の最後まで頑張らせるというものでした。

阿川　看取り医としてやってきても、身内のこととなると別……。カメラが回っててもダメでしたか。

大塚　ダメでしたね。でもね、その奥さんはそれまで、他の患者さんに対してはきちんと対処してきたし、見事な看取りもしてきたと思います。でも、自分の夫となると、医師としての冷静な判断が狂っちゃうんですよ。

阿川　感情が先に立ってしまう。

大塚　やっぱり身内となると、医師であっても「別れるのはイヤだ。なんでもいいから一日でも一時間でも、別れる時を先延ばしにしたい」って気持ちになる人は、結構いるんじゃないかなと思って観てました。

阿川　先生でも、そうなりそうですか？

大塚　私もそういう立場になってみないと、どんな判断をするかわかりません。医師はある程度、患者を突き放した状態じゃないと、正しい対応ができないのが普通です。

阿川　私情が入ってしまうと……。

大塚　そう。たとえば三十九度の熱が三日も続いたとしましょう。普通なら、高熱が何日間か続くような病気を全部思い浮かべて、いちばん確率が高いのは風邪ではないかと判断できる。だけど身内となった途端、「悪性度の高い血液の病気じゃないか」とか「十万人に一人の病気じゃないか」とか、最も悪いケースばかりを考えてしまうわけです。

阿川　なまじ、知ってるから。

大塚　だから家族は絶対、自分じゃ診れませんし、診たくもないですね。だって誤診すれば後々までいろいろ言われるし、正しく対応しても、あまり感謝されないし……（笑）。

Ⅱ 看る力・夫婦編

17　認知症の診察は夫婦一緒に

阿川　夫婦の一方が認知症の疑いあり、という場合、その対応はなかなか難しいですよね。たとえば「旦那が最近、物忘れがひどくって……」と友人に相談されたら「専門医に診てもらったほうがいい」と勧めるかもしれない。でも当の本人にしてみれば、「失礼な！」って話ですもんね。「遺言を書いて」と言うのと同じで、「何？　俺に認知症の病院にいけって言うのか！」と憤慨するでしょう。

大塚　私だって、もし家内にそんなこと言われたら「ええっ？　おれが認知症だと？」ってなります（笑）。

阿川　ご本人はたいてい、抵抗するんですよ。だから家族は悩むし、言われた本人もプライドが傷つく。でも、一刻も早く行ったほうがいいと家族は焦る。「今なら間に合うかもしれない。もとに戻せるかもしれない」ってね。

大塚　本人が「最近どうもおかしいから、専門の病院へ連れてってくれ」というケースはまずないですから。

阿川　私も母の認知症が進んだとき病院に連れていこうと思ったんですが、本人には「内科の検診」とだまして「神経内科」にいきました。母は今よりしっかりしていたから、お医者さんのパソコンをのぞきこんで、「アルツハイマー」という文字を見つけ、「アルツハイマーって、誰が？」って（笑）。耳は遠いけど、目は速いんですよ。

「いやいや、一般的な話だから」とごまかしましたけれど、慌てましたよ。病院に連れていくコツってありますか？　タイミングが難しい。

大塚　たとえばご夫婦なら、「私、調子が悪いんだけど、ついてきてくれない？」と言ってご主人を連れてくる方は多いですね。

阿川　一緒に診察を受けるってことですか。

大塚　そう。奥さんの診察をする振りをして、ご主人のほうに、いろいろ答えさせるんです。「奥さんのお名前はなんておっしゃるんでしたっけ？」「ところでご主人、お若いですけどおいくつなんですか。何年生まれですか？」といったふうに。自然だし、導入としてはいい気がします。

阿川 妻についてきてと言われたら、夫も悪い気はしないですよね。ということは、「病院についてきてくれ」と相方に言われたら、それは怪しいってことか（笑）。

「今までと違う」は要注意

大塚 ただ、高齢者の認知症の始まりって、周囲はなんとなくわかるんですよ。

阿川 たとえばどんな点を注意したらいいですか？

大塚 まずは、よーく観察することです。そのうえで「なんとなく雰囲気が違う」「人柄が変わったように思える」と感じたら、認知症を疑ったほうがいいかもしれません。

阿川 先生、よーく見ておいてくださいね、私のことを。

大塚 会話はもちろん、表情なども「なんとなく違うな」、この感覚が大事です。

阿川 社会性に欠け始めるってことですか。

大塚　と言うより、醸《かも》し出される雰囲気が違ってくるという感じでしょうか。たとえば、今まで五角形の性格だったとして、認知症になるとふたつのうちどちらかのことが起きるんです。ひとつは、だんだんと五角形の角が角張り、鋭く尖っていく感じ。物事に厳しかった人が、さらに尖って怒りっぽくなったり、イライラが強くなる。節約家だった人はドケチになる。

阿川　キリキリトゲトゲし始める。

大塚　そうそう。もうひとつは逆に、角が取れて、五角形よりも円に近く見える。

阿川　角が取れておだやかになるんですか。

大塚　何を言われても反応もしなくなり、一見、悟りをひらいた高僧のようにさえ見える、などです。

阿川　今までと違うぞ！　ってところが、チェックポイントなんですね。

18　定年後の夫は新入社員と思え

大塚　私はね、老後を誤らないための心構えとして、「留守番のできる男になる」ことが、非常に大事だと思います。

阿川　何歳くらいの男性が対象ですか？

大塚　まずは定年退職後の男性です。第一線で働いていた人が定年退職で仕事がなくなって会社に行かなくなり、自由時間が一気に増える。すると、初めのうちはいいのですが、三ヵ月、半年と時間の経過とともに元気がなくなりますよね。何歳であっても「役に立っている」という実感がなくなると、輝きとハリがなくなりますから、見るとすぐわかります。

阿川　やらなきゃいけない用事がなくなると……。それで、留守番ができる男になることが、なぜ大事なんですか？

大塚　定年退職した男性は、家でずっと何もしないでいると、過去の業績や栄光はどこへやら、三ヵ月もすると、家族に邪魔者扱いされるようになります。

阿川　奥さんにとって一番イヤなのは、それまでの生活のリズムが乱れることですからね。朝、起きても出かけるわけじゃなし、朝ご飯を食べてゴロゴロしてたと思ったら「おーい、今日のお昼はなんだ？」。昼ご飯を食べてしばらくしたら、「ところで、晩ご飯は何？」って。私の同世代の女友達は、ちょうど旦那がリタイアしたタイミングなんですが、先日集まったら、「朝ご飯の片づけが終わったと思ったら、昼ご飯は何？　って言われるの。ほとほとイヤになる」ってみんなブツブツ言ってました。

大塚　「ご飯をつくれ」と言わなくたって、うちにずうっと居られるのがイヤなわけですよね。奥さんにしたら一日中、旦那に家に居られるのはものすごいストレスです。定年後の夫婦間のトラブルの原因はまず、そこにあると思うんですけど。

阿川　手がかかるからと言うより、存在していること自体にたえられなくなる（笑）。

大塚　もう、男の危機ですよ。だからいま一度、家族にとって役に立つ存在にならなきゃいけません。もう一度社会に出て働いてお金を稼げればいいけれど、六十五歳過ぎて再就職はなかなか覚悟がいるし。そこで次善の策として、家族に負担をかけない毎日の過ごし方から始め、目標としては、家庭内で重宝がられる、留守番のできる男をめざせ、というわけです。

阿川 奥さんのいない間に家事をやっておくとか？

大塚 掃除、洗濯、料理。家事全般ができれば理想ですけれど、まず手初めに、三度のメシだけは自分でまかなうこと。

阿川 それはちょっとハードルが高くないですか？（笑）

大塚 まあ、三度のメシは極端ですがね、せめて昼ご飯は自分でまかなうこと。自分でつくらなくたっていいんです。コンビニで弁当を買ってきても外食でもいい。家事を覚える気がなければ、朝家を出て、夜まで帰ってこないことです。これまでと同じ生活をすればいい。図書館で過ごそうが何をしようが、せめてお昼ご飯だけは奥さんがつくらなくても済むようにする。そうして、奥さんの生活ペースを乱さないようにすることが、老後の夫婦関係を良好に保つための基本でしょ。

留守番で認知症予防

阿川　料理を含む家事全般って、頭のトレーニングになりますよね。たとえば、子どもが泣いたら、さっとおやつを食べさせて、お湯を沸かして、その間に洗濯物をたたんで、続いてこちらを下ごしらえして冷蔵庫に入れて……とか、何をどういう順番でやれば効率的なのかを瞬時に考え、行動する。これはかなり頭を使うことだと思うんです。認知症予防にもいいはず。

大塚　そのとおりです。家事は知的労働ですから、男性だってハマると結構面白いんじゃないかな。

阿川　料理ができるようになると、長年ちょっと不満だった妻のメニューを、自分好みにアレンジできるようになって、本人にとってもよかったりして（笑）。妻の料理に注文をつけると怒られるからと、ずっと我慢してた人は特に、好きな味を思う存分追求できるようになる。そうなったら、そのうち妻に「今晩出かけるから、ご飯はつくれない」と言われても何ともなくなるぞ（笑）。

大塚　アハハハ。

阿川　アイロンがけも意外と男性に合うかもしれませんよ。うちの旦那もやってくれますが、私よりも丁寧に美しく仕上げます。ただし、まず道具からと思うらしくて、うちには大きすぎるアイロン台を買ってきちゃって。

大塚　男は何をするにも、まず道具から入りたがる。ちゃんと揃わないとできないから（笑）。でもそうやって男性が少しでも家事ができるようになると、奥さんは自由な時間が増えるわけで。それと、ペットの世話も、留守番の大事な仕事です。奥さんが仲間と出かけている間、ペットにエサをやり、トイレの処理をして、散歩に連れていく。ペットと留守をきちんと預かれるようになれば、間違いなく感謝されますよ。

阿川　しかも、近所の人や公園のペット仲間と挨拶したり会話したりして、地元の人とのつながりもできる。そして体にもいい。一石三鳥じゃないですか。

大塚　だから、まずは一人で留守番ができるようになること。家庭生活円満のため、そして妻に何かあったときに生き延びるため、くわえて認知症予防にも役立ちます。

阿川　お孫さんの世話だってそうですよね。孫に料理をつくってあげて「おじいちゃんおいしい」なんて言われたら。夫婦円満どころか、自分の子どもの家族にも感謝され、孫にも慕《した》われる。

大塚　お孫さんが自分のことを評価してくれりゃ、こんなうれしいことはないですからね。それだけで元気になって長生きしますよ。

家事ができる男は長持ちする

阿川　確かに、妻が自分より先に亡くなったとき、留守番ができる男は生き延びられるな。

大塚　ほとんどの男性は、自分のほうが妻より先に逝《い》くと思ってますが、もし妻に先立たれたとしても、妻の入院中に一人暮らしを強いられた人は、けっこう長持ちするようですよ。見よう見まねでご飯をつくったりして、準備期間がありますから。でも、家事もほとんど出来ぬまま奥さんが突然亡くなった場合は、旦那さんもあっという間に亡くなるケースが少なくないんですね。奥さんに先立たれた高齢男性が、二年以内に、跡を追うように亡くなったケースをたくさん見てますから。

阿川　情けない！　不便になったとたんに、生きる支えを失っちゃうのかしら……。

大塚　そう。家事ができる人は、そこから自立しようという気になるけれど、妻に頼りきっていた人は、どうしていいかわからないんでしょう。

阿川　まだうちの父が元気だったころ、麻雀仲間の奥様が亡くなったんです。その方が「朝、コーヒーを飲んだあとのカップをテーブルのうえに置いておくと、夜になってもそのままになっている。それを見ると悲しくて、空しくて」と嘆いておられたそうです。それを聞いて、みんな「お気の毒に……」って言ってたんですけど、私は心の中で「自分で洗えばいいんじゃないか！」と思ってました。

大塚　そもそも我々の世代の男性には、自分で洗うという発想がないように思います。

阿川　「トイレットペーパーが無くなると、いつまでたっても空のまま」だって嘆いていらしたんで、「自分で替えればいいんじゃないの」って。自分でやったことがないから、トイレットペーパーを替えるという発想がそもそもないんですね。

大塚　私だって買ったことはないですけどね。

阿川　靴下がタンスのどこに入っているかも、わからない。

大塚　そう。どこに何があるか見当がつかない。「おーい」って言えば出てきてたものが、どうにもならない。どうしていいかわからないけど、自分でなんとかしようとも思わない。それで引きこもっちゃう。

阿川　舞台美術家の妹尾河童《せのおかっぱ》さんの奥様はとても活発な方で、六十代半ばぐらいになってから、毎年三ヵ月間、軽井沢に家を借りて、一人暮らしをされるようになったんです。

大塚　三ヵ月。長いなぁ……。

阿川　河童さんは器用な方だから「よし、わかった」と、毎日三食ちゃんとメニューを考えて、せっかくだからと、つくった料理の写真を撮るようにした。私、その写真を見て思わず「これだけで本になるじゃないですか」と叫んだくらい立派な料理だらけ！

大塚　毎日、三食とはすばらしい。

阿川　それを何年間も続けられたんです。河童さんは「このおかげで、一人になってもやっていける。妻には先見の明がある」と、奥様にたいへん感謝されておりました。

大塚　まさに、それこそ留守番のできる男ですよ。

「男子厨房《ちゅうぼう》に入らず」を改める

阿川　家事がまったくできない男性にも問題はありますが、やっぱり昔ながらの妻は「男子厨房に入らず」という感覚がありますよね。だから妻側もちょっと発想を変えて、冗談を交えておだてつつ、旦那に少しずつ家事をやらせていかないと。たとえば熱を出したときに「ご飯つくれないから、お米研《と》いでくださらない？　そこにお米があってそこに炊飯器があって、お水を入れてね……」って誘導する。一日だけでも経験があると、旦那にとっても違うと思います。

大塚　ええ。奥さんのほうから、退職後の暮らしが始まる時点で家事全般についての助言を求めたらどうでしょうか。男性は業務改善には関心を示しますから。そして少しずつ、家事の実務に引きずり込むのです。「留守番ができるようになれ！」と一足飛びに言ったら、「そんなのできるわけがない」と男はへそを曲げてしまいますから。男の言い分ですが。

阿川　男はプライドの生き物ですからね。

大塚　その際、大切なのは、奥さんが真の教育者になることです。つまり、夫を新入社員だと思って、少しでも何かできたら、ちゃんと誉《ほ》めてあげるとかね。「もう、自分がやったほうが早いわね」なんて奥さんが口にした途端、そこで終わりですから。

阿川　女性は、ふだんと違うやり方だと勝手が悪くなるから、自分でやったほうが早いと思っちゃうんですよ。冷蔵庫への入れ方ひとつとっても「なんでそっちに入れるかね」ってつい文句を言っちゃう。

大塚　それぞれに自分のやり方にこだわりがありますからね。

阿川　うちの旦那さんは家事に協力的で、私が疲れて帰ってくると「今日は冷凍のご飯でいいよ」「外に食べに行けばいいよ」と言ってくれます。でも、私も古い教育を受けているから、残りものかき集めて、いい加減にチャチャッとつくっちゃうんです。すると今度は「片付けは全部やるから置いといて」と。それはたいへん有難いんですが、「ちょっと一服してからね」って。私はとにかくさっさと終わらせたい派なので、待ち切れずに私が洗い始めると「やるって言ったのに」と。

大塚　男と女じゃ、その辺の時間感覚が違うんですよ。

辛抱強く夫の家事を見守る

阿川　洗い物を交代したらしたで、「残ったおかずはどうするの?」「水切りカゴにあるお皿が邪魔だ。どこにしまうの?」って。結局ね、洗い物をしてもらうための下ごしらえは私がしなきゃいけないわけです。だからつい「洗い物をしてくれるのは有難いけど……」って文句を言うと「大丈夫、大丈夫、全部やるから」って言いながら、「これは残すの? 捨てるの?」なんて質問が十項目ぐらい来ます。結局、そばについてていなきゃ終わらない。

大塚　それはしょうがないですよ。まず、手伝う意欲があることを評価しないと。

阿川　ハイ! 一つずつ覚えてもらうしかないんですよね。

大塚　辛抱強く。でないと男は自立のためのスタートにもつけませんよ。はじめが肝心です。本当は新婚時代にやっておくのがベストかもしれませんが、定年退職になる前から少しずつ、妻は我慢して家事を教える覚悟をする。

阿川　最初は一つの料理をつくるのに鍋を五つぐらい使っても、そこはじっと我慢。「美味しかった、ありがとう」って言わなきゃね。

大塚　そうです。あえて言わせてもらえば、奥さんはね、ずっと見てちゃダメなんです。基本だけ教えたら、あとはしばらく姿を隠して。夫が失敗したって気にしないこと。

阿川　お皿を割っても怒らない！

大塚　当然です。それで、俺は役に立っているんだと思わせれば、男も家事をクリエイティブな仕事だと思っていろいろ工夫を始めますよ。

阿川　有難い、有難い、アー有難いと感謝する訓練をしよう！（笑）

19　一人暮らしのススメ

大塚　先ほど、「留守番のできる男になれ」と申し上げましたが、高齢者の最終目標は「一人暮らし」です。これは、男性に限ったことじゃありません。

阿川　そのココロは？

大塚　年を取ってからの一人暮らしは、その人のもてる全能力を駆使しないとできないですよね。家事全般はもちろん、お金の管理や健康管理、周囲とのコミュニケーションなど、日々の暮らしに関わるすべてを、一人でやるわけですから。

阿川　留守番を一人でできるようになるのは、その前段階だったわけですね。生活全般のスキルを身につけるための。

大塚　留守番ができるくらい家事能力が上がると、認知症予防はもちろん、定年後の自分に、何かしら役割を見つけられたということですよね。引きこもりにもならないし、何よりも、なんとか一人で自分のことがまかなえるようになったということです。もちろん、奥さんや家族が一緒なのに、あえて一人暮らしをせよと言っているんじゃありません。それくらいの心構えで、ということです。

阿川　いざというときのために。

大塚　高齢になると、何をするのも億劫《おっくう》になって、できれば誰かに世話してもらいたい、かまってもらいたい、というのが本音になります。でも、それこそまさに、老化を加速させる最短コースです。

阿川　対極にありますね、一人暮らしは。

大塚　「第二の人生」とはよく言ったもので、周りの人から必要とされるような環境をつくり続けられるかどうか、もしできないとしても、少なくとも他人に迷惑をかけないように生きるためにはどうしたらいいか、それを考えておいたほうがいいですね。

ヨーロッパと日本の在宅ケアは違う

阿川　最近は、嫁や子どもの世話になりたくないと、一人暮らしをする高齢者は増えていると聞きますが……。

大塚　そのようですね。昔に比べれば社会もずいぶん変わってきました。次世代と同居するのが当たり前という社会の縛りも減ってきて……。

阿川　ただ、一人暮らしをする老人がばったり死ぬと、「独居老人」「子どもがいるはずなのに、ケアしてなかったのか」と、ネガティブなレッテルを張られちゃいますよね。

大塚　そう。今もって子どもは親の老後に責任を持つべきだという伝統的価値観、そしてその前提として親との同居、みたいなのがあるのでしょう。その点ヨーロッパの社会は違いますね。二十数年前、アムステルダムの施設に見学に行った時、高齢者の次世代との同居率はわずか五％と言ってました。

阿川　えー。低い！

大塚　高齢者が一人で、あるいは夫婦だけで暮らしている率が高かった。日本でも次世代との同居率はどんどん低下していてヨーロッパ型になってきています。

阿川　同居する家族がいない中で、本格的な介護が必要な状態になったら、どうすればいいんでしょうか。

大塚　ヨーロッパでは高齢者が自宅に居たいといえば、介護の部分を外部から提供する形が多いようです。日本でも最近は、ヨーロッパを見倣《みなら》う形で在宅ケアを、介護を必要とする高齢者対策の中心に据えようとして大キャンペーン中です。意識調査では六十代の半分以上が最後まで自宅で暮らすことを望んでいるからというのが、その根拠です。

阿川　そりゃ誰だって、訊かれれば、最後は自宅で死にたいというのが本音でしょうね。でもそれで社会全体が成り立つのかどうか……。

大塚　そこなんです。日本で進めようとしている在宅ケアは、ヨーロッパと根本的に違うところが一つある。

阿川　どこですか？

大塚　ヨーロッパの在宅ケアは、家族と同居していない高齢者のみの世帯を対象としています。でも日本の在宅ケアは家族が同居している、あるいは家族が手伝い、生活のサポートもするということが前提になっています。

阿川　そうか。あくまで家族の介護の補佐的サービスという考えなんですね、日本の場合は。

日本人は孤独が苦手

大塚　それとね、これは民族性の問題なのかもしれませんが、日本人は孤独に耐えられない。外部の人が来て面倒を見てくれても、一日のうちせいぜい三、四時間で、そのほかの時間は一人でぽつんとしてるわけですよ。仮に寝たきりになっても、おむつ交換や食事の介助をしてくれるとはいえ、そのほかは一人でいる。それが寂しいんですね。日本人はやっぱり人の顔が見えるというか、人の気配がするところでなければ暮らせないと思います。

阿川　ヨーロッパの老人たちは寂しくないんですか。

大塚　そう思って彼らに「寂しくないですか?」と尋ねたら、「いや、私はいつも神様に見守られ、神様と対話してるから寂しさなんか感じない」と。

阿川　はあー。

大塚　これが信仰の力なのかと思いました。大きな違いだな、と。

阿川　対話の相手は神様なんですね。

大塚　そう。だから一人でいてもそんなに寂しいと思わない。日本人は、うちのような病院でも一人部屋だと寂しいと思うような人、結構いるんですよね。私も無信心だから、寝たきりになった時は、いつも人の気配が感じられる環境のほうがいいように思いますね。病院で仕切りのある四人部屋がけっこう人気なのも、分かる気がします。

20　夫源病《ふげんびょう》にご用心

阿川　高任和夫《たかとうかずお》さんという経済小説家が、『転職——会社を辞めて気づくこと』という本に書かれていたんですが、高任さんご自身が、物書きになるため商社を辞めて一日中、家にいるようになったら、いろいろな不具合が出てきた。それをきっかけに、ちょうどリストラが始まっていた時代だったので、自分の経験も含めて、定年退職者やリストラされた人、あるいは転職した人に、片っ端から取材し始めたのだそうです。

大塚　その先を聞くのが怖い（笑）。

阿川　毎日夜までいなかった亭主が、ずっと家にいる生活になった途端、奥さんが体を壊すケースがすごく多いと。原因不明のじんましんが出たり、とにかくどんどん具合が悪くなる……。病院にいってもなんの病気かわからない。そうしたら、ある病院で「これは、旦那さんに原因がありますね」と診断された。「夫が毎日家にいるというストレスです」って。

大塚　いわゆる夫源病というやつですね。

阿川　ええっ、そんな病気があるんですか。

大塚　医学的な病名ではないんですがね。

阿川　それまでは旦那が出勤したあと好きなようにテレビを観ていたのに、定年退職後は旦那が独占しているから、好きな番組が観られない。友達と長電話してると、旦那が意味もなく前を通り過ぎて「まだ、話してるのか」という様子を見せるから、電話を切らざるを得ない。自分の自由な時間がなくなった。さっきの話じゃないけれど、朝ご飯つくったと思ったら、すぐ昼ご飯つくらなきゃ、とか何事も、自分のペースでできなくなったと。

大塚　旦那さんにしてみれば、一家のあるじたる俺が一日中、家に居て何が悪い、というくらいの気持ちでしょうけど……。

阿川　しかも旦那さんは、妻が外出するのはせいぜい週に二日ぐらいだろうと思っていたら、実際はほとんど毎日出かけていたという事実に直面して、ショックを受けるんだそうです。妻が出かけようとすると「どこへ行くんだ」「誰に会うんだ」「何時に帰ってくるんだ」「俺の晩飯はどうするんだ」っていちいち問いつめられるので、妻はますますイライラする。それで、夫婦間に新たな齟齬《そご》が生まれるということが、本に書いてあったんです。

大塚　奥さんにはそれまでの生活のペースがあり、自分のコミュニティもある。干渉されたらイヤだろうと、頭ではわかりますがね。

阿川　それで、取材をした高任さん自身も「妻の負担になってはいけない」と、なるべく外に出かけるようにしたんです。ある朝、散歩に出かけたら、路地に近所の奥さん方が三、四人で立ち話をしていた。「おはようございます」と挨拶《あいさつ》して、一時間ぐらい散歩をして戻ってくると、その井戸端会議はまだ続いていた。帰って「女どもは何をそんなに楽しそうに話すことがあるんだ。あんなに長く話すとは信じられん」と驚いていたら、奥さんがひと言、「男だって、好きなだけ喋りゃいいじゃないの」って。

大塚　理屈からすればそうでしょうけど（笑）。

阿川　「だいたい男性だって、会社が終わった後に飲みに行って、喋ってるじゃない」と切り返されて、高任さんははたと気づいた、「あれは、ちっとも楽しくない」と。男の場合は、部下の愚痴を聞くか上司のお小言を聞くか、あるいは間に立ったりと、なにかと辛く、そんなに酒がうまいわけじゃない。そもそも、男たちは常日頃、会社という組織の中で、余計なことは喋るなと教育されているんだ、と反論なさったそうです。それを読んで大笑いして、男女の違いに納得しました。

大塚　ここでも、男性と女性はまったく違う生きもの、という認識こそがスタートですね。

電子レンジは難しい!?

阿川　先生ご自身はどうなんですか？　留守番をお一人でできますか？

大塚　……いや、それが自分のことは棚に上げていましてね。初めて告白しますが、実は私、家事らしいことをほとんど経験しないまま、ここまで生きてきたんです。一人暮らしというものをしたことがない。

阿川　一度もですか!?

大塚　結婚するまでは親元にいたし、単身赴任もしたことがない。結婚してからは奥さんが、家のことはやってくれるものだと思っていました。「女がやれ」と思ってるわけじゃなく、自分はやらなくてもいい環境で育ってきたといいますか……。ところが三ヵ月ほど前に、生まれて初めて一人で晩ご飯をつくる羽目になりました。予想外に早くうちへ帰ったら誰もいなくて、じゃあ何か自分で用意しなきゃと。そのとき、まずこの家でお湯を沸かすということも、やったことがないと気づいた。

阿川　お湯沸かしたことなかったんですか、先生！

大塚　ガスレンジのどのレバーをひねると、どの火がつくのかもわからないわけ。

阿川　あら、まあ。

大塚　あれこれやってみて、まずお湯を沸かし、インスタントのみそ汁をつくることに成功。ご飯は確か冷凍してあったはずと思って冷蔵庫の中を探してね。いつも帰ると、妻が「冷凍のチンでいい？」って言うのを覚えていたから。けれど、チンしようにも、今の電子レンジってけっこう難しいんですよ。ただスタートボタンを押しただけじゃ動かないでしょ。いろいろボタンがあって恐ろしい。ようやく取り扱い説明書を探し出してそれを解読することから始めました。どうにか電子レンジが起動するまで、十分以上かかりました。

洗濯のやり方がわからない

阿川　でもそれで、一個、覚えたでしょ。

大塚　やっとご飯をチンして、海苔《のり》を出してきて。

阿川　侘《わび》しいなあ、なんか（笑）。

大塚　それとそうそう、生玉子。これをぶっかければいいんだと思ったら、次はしょう油のありかがわからない（笑）。もう大変な悪戦苦闘をしたけれど、それが生まれて初めて自分でつくった夕ご飯です。

阿川　……えっと、何歳にして？

大塚　七十五歳にして。

阿川　やっと一つできましたね、お父さん。

大塚　そんな男は、私ばかりじゃないと思いますよ。そうでもないですか。

阿川　これまで、毎日欠かさず、文句も言わずご飯をつくり続けてきた奥様が偉い！

大塚　いや、家に誰もいないことはありましたよ。そういうときは、必ずコンビニでおにぎりを買って帰って、食べたらすぐ寝てました。あるいは、どこかで暇つぶししたり、誰か呼び出して食事をしたり。

阿川　つまり、台所に入ることがなかったわけですね。

大塚　なかった。ちなみに、「洗濯しろ」と言われたら、今もって、どうしたらいいか、わかりません。

阿川　先生、この本、読んで学習してください（笑）。

21　恋は長寿の万能薬

阿川　以前、先生から伺った話が、大好きなんです。あの、美人看護師長の話。

大塚　ああ、青梅に続いて、よみうりランドにも慶友病院をつくるときのことですね。一部の職員を異動させなくてはならなくなった。

阿川　それで青梅にいた美人看護師長さんが動くことになった。

大塚　当時、Aさんという患者さんがいました。まず先に、Aさんの奥様が八十代で青梅の病院に入院されました。Aさんは遠くにお住まいでしたが、青梅までの定期券を買って、毎日休むことなく片道一時間半かけてお見舞いに通われていました。

阿川　なんて愛情深い。

大塚　奥様が入院されて十年後、さすがに通うのもたいへんだということで、ご自分も入院されました。Ａさんは奥様が亡くなられた後も、そのまま病院に残られた。ところが、よみうりランド慶友病院に看護師長が異動すると聞くと、Ａさんは「私もよみうりランドに連れていってくれ」とおっしゃる。それまで担当してもらったその美人看護師長に「ぜひ死に水をとってもらいたい。そう決めているんだ」と。

阿川　奥様もその美人看護師長さんが担当されていたんですよね。

美人看護師長のおかげで十年長生き

大塚　そうです。あまりに熱烈な要望だったし、年齢も年齢ですから「まあいいか」と、よみうりのほうに移したんです。そしたらなんと、そこから十年生きましてね。

阿川　ええっ？　十年！　大往生ですね。私も一度、その看護師長さんにお会いしましたが、秋田出身で色白で、まるで女優さんみたいな方。

大塚　ほかにも四名、その看護師長を慕っている男性がいたんですよ。みんな八十代後半だけど、それなりに元気だった。でも、看護師長がよみうりに移ったら、残された四人は、三ヵ月もしないうちにみんな亡くなってしまった。

阿川　一人だけ残ったのが、よみうりに移ったＡさん！

大塚　Ａさんは、その看護師長が出勤しているかどうかを確かめるために、毎日、自分の部屋からナースステーションまで一日二回は往復していました。「今日は師長さん、いる？」って。いるとわかると必ず、師長と会話をするんです。いろいろ用事を探しては、話しかける。

阿川　やっぱりフェロモンって、大事なのかしらね。

大塚　毎日片道一時間半かけて通った動機は、奥様への愛だけじゃなかったのかもしれません（笑）。会いたい人がいるということが、長生きの原動力となったことは間違いないと思います。

阿川　何度聞いても涙が出ちゃう、面白くって。

大塚　ほんとにね。伝説ですよ。

伯母は恋してまともに戻った

阿川　それを伺って思い出したのが広島の伯母。家で転倒して救急車で病院へ運ばれて、治ってうちへ帰ると転倒、というのを何回か繰り返して。子どもはいないし、年齢も年齢だし、一人暮らしは無理ということになって、県内で高齢者施設を探して入居させたんです。ところが、それまで何度も病院と家を往復していたうえ、いきなり知らない場所に入居することになったせいか、ちょっと錯乱しちゃって。

大塚　高齢者にとって、移動や急激な環境の変化はかなりのストレスですから。

阿川　ある日、私のところに施設から連絡が入って。お宅の伯母様に少々奇行が見られましたので、大事をとって近くの精神科病院へ入れましたと。びっくりして新幹線に乗って駆けつけたら、病室のドアの所にうつろな目で伯母が立ってたんです。話も全然通じなくて、もうこれで最期になっちゃうかもしれないと。で、一週間後に改めて、私の両親も連れて様子を見に行ったら、「あら、みんな揃ってどうしたの？」ってすっかりまともに戻っていた。「おばちゃん、どうしたの？」って聞いたら、ウフフッて隣の主治医を見つめて……。

大塚　主治医の先生、おいくつくらい？

阿川　五十代半ばくらいですかね。「ミツコさん（伯母の名前）はお若いですよ。九十七歳ですけれど、僕よりお元気ですからね」って先生が言ったら「オッホッホ」と頬を赤らめてるの。これは絶対、この先生のフェロモンで元に戻ったんだと確信しました。

大塚　間違いない（笑）。

阿川　先生が喋っているのを横で見つめる伯母は、熱烈な恋とまではいかないけれど、「気になる殿方の前ではきれいにしなきゃ」っていうオーラがバンバン出ていて。まあ、昔から女度は高かったんですが。

大塚　社会性を取り戻したんですね。ちゃんと身繕《みづくろ》いをして、人前に出ても恥ずかしくない恰好をする、そういう緊張感ってすごく大事ですから。

阿川　実際、その後も伯母は施設に戻って、食堂に行くときは、いつもきっちり口紅をつけて、女度を上げていました。

女性は若いイケメンが好き

大塚　ちなみにうちのリハビリルームには、体育大学卒の若いイケメンが結構いるんですが……。

阿川　やっぱり、見ていてそうだと思った！

大塚　女性はお気に入りのトレーナーがいると、朝からちゃんと身繕いして、おめかしをしていそいそとリハビリに通うんです。毎日欠かさずね。しかも十時からなのに、九時にはもう準備万端。

阿川　デートの前みたい（笑）。男性も女性も変わらないですね。

大塚　いや、違うところもありますよ。男性は年齢に関係なく、異性として認めるところがあります。自分の面倒を見てくれるような優しい女性であれば、あまり年齢にこだわらない。ところが高齢女性の多くの男性を見る目は、なかなか厳しいものがありますね。よほど素敵な男性は別として、もうね、四十歳を過ぎた男には異性としての関心を示さないいんです。阿川さんの伯母様はレアケース。例外的に素敵な男性だったのでは？

阿川　女性のほうがシビアなんですか。

大塚　そうですよ。特に人気があるのは、何と言ってもイケメンですね。私だって白衣を着ているからまだ話をしてもらえますが（笑）、白衣を着ないでいたら「何しに来た」って感じですから。女性の厳しさを感じます。それにね、女性の皆さんに聞くと、イケメンは細胞の活性化に効くそうですよ。生命力の源ですね。

22　名刺をつくる

阿川　入院される高齢者の場合、男性と女性でどんな違いがありますか。

大塚　まず、男性は入院してきてもなかなか、隣の人と話をしませんね。たとえば四人部屋でも挨拶すらしない。何ヵ月経っても、いっこうに打ち解けようとしないんですよ。最悪なのが男性の二人部屋で、「隣のいびきがうるさい」「あいつが俺の部屋のここに荷物を置いた」と、縄張り争いが始まります。そこへいくと女性の場合は入院してきて五分もしないうちに、隣り合わせた人とすっかり仲良くなって、世間話に花が咲く。

阿川　女性同士のトラブルはないんですか。好き嫌いとかありそうですが。

大塚　それが意外とないんですよ。相部屋のトラブルはだいたい男性。逆に、女の人は隣に人の気配がするほうがいいらしい。人と一緒がいいんですね。距離が近くて、ちょっと話せるほうが安心するみたいで。だいたい、男と女は別の生き物だというのは、アフリカへ行きゃすぐわかりますよ。野生動物のメスはみんな群れて、オスは群からポツンと離れ、一匹で行動してます。

阿川　フフフ。労働するのはメスですからね。

大塚　そう。オスは働かない。オスは、メスの獲得と縄張り争いが最大の関心事といったところでしょうか。

阿川　子孫繁栄と縄張り争い。

大塚　そう。そのふたつにしか関心がないんですよ。生物としてDNAに組み込まれているんでしょう。

阿川　でもメスの獲得に関心があるなら、女性に近づいていってもおかしくないのに。

大塚　関心はあるんでしょうけど、自分からはあまり、それを示さないですね。働きかけられれば、まんざらでもないのでしょうが……。

阿川　となると、男女混合部屋というのはどうなんでしょう？

大塚　考えたこともありましたけど、ご家族が許しませんね。男女混合にしたほうが、男性はコミュニケーションを取るようになるし、女性はいろいろなことに気を遣っていわゆる「生活」をちゃんとしそうだけれども。家族にとってはやっぱり、いつまで経っても自分の父と母ですから。

阿川　男性は放っておけば、勝手に時間をつぶすんですか。

大塚　とんでもない。こちらで何か提案しない限り何もしない。ポツンと、ブスッとして。つくづく、男性の老後は寂しい。退屈の極みですよ。

いばる、怒る、自慢する

阿川　男性はみんなそうなんですか？

大塚　中には女性にモテモテという男性もたまに居ます。まず女性の職員が放っておけないというのか、たえず声かけをし、お世話をしたくなるような男性患者さん。夜なんか巡回してその男性が目を覚ましていると、看護室に連れてきてお茶やお菓子を出したり話をしたり。

阿川　そんな男性ってどんなタイプ？

大塚　基本的にやさしく、小さなことに気がつく。例えば髪型が変わったとか化粧が変わったとかに気がついてほめてくれる……。

阿川　見れば分かりますか。

大塚　女性ならすぐ分かるでしょうね。きっとこのタイプの人は、社会に居た時から女性の側が放っておけなくて、モテモテの生活を送っておられたのでは。

阿川　じゃ、逆に職員にいやがられるタイプってありますか？

大塚　ありますね。いばる、すぐ怒る、自分の過去を自慢するなど。要するに可愛くないということでしょうか。

阿川　男性としては入院してもモテモテのタイプになりたいでしょうけど、口に出して人を誉めるのが下手だからなあ、特に年配のオジサマたちは。

大塚　そう、大部分は天性のもので、努力の結果とも思えませんものね。

阿川　預かる側からすると男性と女性ではどちらが大変ですか。

大塚　病院で預かる側からすると圧倒的に男性のほうが大変です。職員が絶えず声をかけたり連れ出したり、手がかかります。

阿川　まあ、長年、世話をしてもらうことに慣れちゃってるからなあ。

大塚　まったくね。女性は集団にしておけば、放っておいてもまったく問題ない。お互いに世話をし合ったりするくらいですから。男性は、こちらが働きかけないと、すぐに引きこもって寝たきりになっちゃいます。

男は会議と名刺とスピーチ

阿川　たとえば、病院内の誕生日会とか俳句の会とか、そういった集まりに男性は自発的に参加しないんですか。

大塚　男性は、なんのプライドだか、そういうのに参加するのをよしとしない人が多い。ところがね、唯一、男性を確実に引っぱり出す方法があるんです。

阿川　なんだろう。美人女性を司会者にするとか？

大塚　それもいいでしょうが、「今日は会議です」と言って声をかけることなんです。

阿川　会議？

大塚　できれば「元〇〇」というのでもいいから、肩書きが入った名刺をつくる。そうすると皆さん、ネクタイをピシッと締めてお洒落をして参加します。そして、会議の席上ですから、お互い名刺交換をして話をし始める。なかには「今日の議題はどうしますか」なんて仕切る人もいますよ。女の人は場所や内容に関係なく、集まっては楽しそうに喋っていますがね。

阿川　面白い。肩書きと目的が明確になると動けるのね。女は肩書きも目的もときには年の上下も関係なく、屈託なく喋りますからね。

大塚　男はいちいち手続きが必要なんです。それに、男っていうのは常に相手を値踏みしてます。こいつは俺よりも上か下か、とかね。

阿川　自分の立ち位置を確認するわけですな。

大塚　さらに、「開会のスピーチをお願いします」と言っておく。すると、今までほとんど口をきいたことがなく「この人にそんなことできるかな」と思うような人でも、びっくりするような、その場にぴったりのスピーチができるんですよ。

阿川　「本日はお集まりいただき誠に……」なんて。

大塚　そうそう。職員への謝辞をアドリブで述べたりね。私よりもよっぽど上手。驚きますよ。この人にこんな能力があったのかと思うくらい別人になります。自分が必要とされ、この役割は自分が果たさねばならないとなったときの人間の力は本当にすごいんです。

阿川　本人の力を引き出すきっかけづくりが重要。

大塚　男性は世間話が苦手だしコミュニケーションを取るのも下手ですから、「役割」や「大義名分」が必要です。ただ、女性は世間話はできるけれど、大勢を前にしたスピーチは下手かもしれない。いずれにしても、人間の潜在能力には目を見張るものがあります。外から見ただけではわからないような能力を秘めたまま、年を取っていくんですよ。あとね、「数値化」と「ランキング」も、男性を活性化させます。

阿川　ああ、ちょっとわかる気がします。

競争心と見える化

大塚　リハビリでも、ちゃんと数値化されるものが大好きなんですよ。「今日は何回ペダルをこいだ」「あいつよりも俺のほうが何回多い」「今週の一位は俺だ」「先週より何回増えた」とか。そういうことが男性にとって励みになるんです。

阿川　競争心と見える化ですか。

大塚　年を取っても、男の関心は、たえず「上か、下か」。ただし、競い合っているうちはいいんですが、あからさまに負けたりすると、もうリハビリに来なくなってしまう。加減が難しいんです。

阿川　逆に、高齢の女性の潜在能力を高める方法は、あるんですか。

大塚　それはやっぱり、あれですよ。

阿川　若い男の子！

大塚　心寄せる対象がいれば、特別な日でなくてもきちんと化粧をして身繕いしますからね。特に女性は自分をきれいに見せる、お洒落する仕掛けをつくることが大事です。

阿川　うちの母は認知症はあっても好き嫌いは案外はっきりしていて。目立つから安心だろうと思って、普段母が選ばないような赤いコートを買って与えたんです。「これがいいんじゃない」って。「あら、そう？　じゃ、着てみるわ」とそのときは納得して羽織ったけれど、それっきり一度も着ないの。嫌いなんですって、赤色が。花も赤よりブルー系を好みますね。

大塚　色の好みなんかは、年を取られても変わらないかもしれませんね。

女性はデパートへ買い物に

阿川　男女の違いについては、遠藤周作《えんどうしゅうさく》さんから生前、こんな話を聞きました。入院している旦那さんがだんだんと弱ってきて記憶が曖昧になって、最後まで覚えている言葉は、奥さんかお嬢さんの名前。ところが、反対に奥さんが弱って記憶が薄らいでいった場合、最初に忘れるのが、亭主の名前。

大塚　ハハハハ。

阿川　男性にとっては、やっぱりご飯をつくってくれるのは、奥さんか娘さんっていう意識があるから、命綱として記憶だけが残るんでしょうね。

大塚　奥さんが先に亡くなった場合は、ご主人の方は、二年以内に跡を追う人が少なくないと言われています。

阿川　妻がいなくちゃ何もできん。不便だからですよね。

大塚　だけど、ご主人に先立たれた奥さんはね、半年経つと完全に元気になる。けろりと。

阿川　半年以上、悲しみにくれている奥様もいらっしゃいますよお。でもまあ、いずれは元気になるけどね。

大塚　それから、こんな話もあります。奥さんが入院すると、ご主人は定期券を買って毎日、お見舞いに来る。逆に、ご主人が入院すると、奥さんは定期券を買って毎日、都心のデパートに行きます。

阿川　最高（笑）！

Ⅲ 看られる覚悟——あなたが高齢者になったら

23　七十五歳が節目

大塚　私も七十五歳、世にいう後期高齢者になりました。これって、とても違和感があるんですよ。なぜって、私は三十八歳の時に老人を対象とする病院を始めてずっと、高齢者の何たるかを観察してきました。でも正直、自分が七十五歳になるなんて思ってもみなかった。

阿川　ええっ!?　自分に限って……。

大塚　そうです。頭ではわかっていても、「自分が後期高齢者の仲間入りするなんて……。なるとしてもずっと先のことだ」と思ってたんですね。

阿川　沢山の高齢者をご覧になっていても、「明日は我が身」って感じはなかったんですか。

大塚　そうです。でも、我が身に起きていることはまさに観察してきたことばかり。目はかすみ、耳は遠くなり、周囲の人たちの話についていけない。少し頑張って動けば、そのあとが大変で。同じ話を繰り返すなんて日常茶飯事です。最近はそのことが不安で、何を言うのも「前にも言ったかもしれないけど」とか、「前にも訊いたかもしれないけど」とかの前置きばかり増えて……。先日も二週間前に会って食事した人と何を話したか全く思い出せないばかりか、その人と会ったということすらはっきりしないという衝撃的な体験もしました。何か失敗するたびに、年を取るってこういうことなのかと落ち込みはしますが……。

阿川　ほほう。「こういうことなのか」なんておっしゃっている間は、まだ自分は元気であり、すぐ元に戻ったから大丈夫と思っている証拠ですよ。もうちょっと進んだときに、そんな余裕はないでしょう、きっと。だって、「このままいくと、大変なことになるんじゃないか」とはまだ本気で心配していらっしゃらないでしょう？　って医者でもない私がおなぐさめするのもナンですが（笑）。

大塚　そうですね。知識としては人は誰でも年を取り、間違いなく死ぬとわかっていても、心底では自分が高齢者になるなんて思ってないんじゃないですか。まして死ぬ日が来るなんて。やはりどこか他人事《ひとごと》なのかもしれません。

阿川 私は今、母を看ていますから、「いずれ自分もこんなふうになるだろうな」と、かすかですけど予感はあります。それでも、心のどこかで、「まだ先だろう」とタカをくっているところはありますね。

大塚 もし私が本当に自分のこととして考えだしたら、そういう話題に触れたくなくなるかもしれない。

阿川 人に会いたくなくなるかも。

大塚 確かに。忘れることによる失敗がいくつか積み重なると、人に会わないのが防止策じゃないかと思ってしまって、引きこもりになるかもしれません。負のスパイラルですね。

阿川 老人性のうつって、そういうことなんですかねえ。

七十五歳から突然ガクッとくる

大塚　記憶がスポッと抜け落ちた体験をして以来、気をつけてはいますが、やっぱりなんだか不安でね。

阿川　今週のスクープ！　大塚会長独白！「我が身にまさか、こんなことが起こるとは！」。

大塚　そう。私が痛感したように、この七十五歳前後がひとつの節目なんですよ。昔は六十五歳を過ぎたら老人なんて言ってましたが、今は早すぎますよね。

阿川　今の六十代なんて、みんなピンピンしてますもんね。

大塚　今の老後は次の三つのステージにわけて考えるといいですね。第一ステージが六十五歳から七十五歳の十年間。定年で仕事がひと区切りついて、体力的にはやや衰えを感じるものの、自由な時間が増えてさあこれから、という時期。

阿川　私は今、そのゾーンに入りつつあります。

大塚　第二ステージは、七十五歳以降の五年から十年の間。自他ともに衰えを感じるときで、人によっては体の不自由さや認知症の発症、それにともなう介護の問題が始まるとき。第三ステージは人生の最終楽章で、年齢的には八十歳の半ばからのおまけの人生といってもいい時期ですね。先が見えてきて、どんな最期を迎えるかが最大の関心事になってくる。

阿川　七十五歳からが本当の老後ということですか。

大塚　そう思います。七十五歳を過ぎると、体も精神機能も日を追って少しずつ落ちてきます。そもそも、昔に比べて長くなったとはいえ、人間の体の部品の耐用年数はせいぜい七十年。七十五歳ともなれば、あちこちにガタが来ても当り前でしょう。車でいえばポンコツ車です。メンテナンスが悪ければ早くダメになるし、よければ少しは長持ちする。

阿川　六十四歳の今からでもメンテナンス間に合うかな。

大塚　阿川さんは十分間に合うというか、将来に備えて、これからの数年間は健康づくり、体力づくりをすべき時期では。問題は、七十五歳からですよ。七十五歳を過ぎたらじっとしているだけで筋肉は細り、関節は固くなり、バランスを取る能力もガタッと落ちていく。ましてや安静を保つ必要のある大きなケガや病気をすると、体の機能も気持ちも一気に衰えます。回復しても、以前の七割くらいまでしか戻らない。それを繰り返しながら、ゆるやかに落ちていくんですね。だから、七十五歳を過ぎて骨折したら、元通りになることはまずあり得ない、それが第二ステージなんですよね。

阿川　父が大腿骨《だいたいこつ》を骨折したあと、本人はリハビリを頑張れば歩けるようになると最後まで信じていましたが、先生は私たち家族には「リハビリをすることはすごく大事だけれども、この年齢で大腿骨を骨折したとなれば、元のように歩けるようになるのは不可能です」とはっきりおっしゃいましたよね。そのとき、六十代の自分と九十歳過ぎての父とでは、回復にかかるレンジが根本的に違うんだな、と実感しました。

寝ているだけで衰える

大塚　骨折は、骨が折れて、その部分が使えなくなるばかりか、その後しばらく安静を保たなきゃいけない。例えば手術後はしばらく動けない、あるいはギプスで固定するからその部分が動かせない。一日安静にしているだけで、六〜七%の筋肉が落ちていくんです。一週間も続いたら、三、四割の能力が落ちてしまう。それを取り戻そうと思ったら、その三、四倍は時間がかかります。でも、その間にも体全体の能力は落ちていくから、結果的に七十五歳過ぎてからはもう、絶対に元通りにはならないんです。

阿川　老人は転んじゃダメっていう理由は、それですね。

大塚　病気しちゃダメというのも同じ理由です。風邪を引いて寝込んだら、風邪による消耗に加えて、寝ているだけで筋力や体力がどんどん落ちてしまうから、やっぱり元に戻らなくなってしまいます。

阿川　そうか、今から足腰を鍛えておかなきゃいけませんな。

24　老人に過労死なし

大塚　七十五歳は後期高齢者というか、本格的老人になる節目ですよ。ゴルフに行ってもプレー中は頑張れるけど、終わったらヨレヨレで、家に帰ってきたら疲れてぐったり。

阿川　一瞬は頑張れるけれど、その後がもたない。若い頃と疲れ方が違うんですね。

大塚　若い頃はひと晩寝れば翌日は元気になる。年を取るに従って回復は遅くなるし、疲れが出るのが、今は二日ぐらい遅れてやってくる。

阿川　本当にそうです！

大塚　今日の疲れは、実は一昨日のものだったりするんです。

阿川　じゃあ頑張ったあとは、短いレンジではなく、もっと長いレンジで休養期間、疲れを癒《いや》す期間が必要ということですか？

大塚　ところが、それも問題なんです。休養期間が長くなると、今度は動き出しが大変になるから、七十五歳過ぎたら自分の体の言うことは聞いてはいけません。

阿川　エーッ、聞いちゃいけないんですか!?　聞いたほうがいいのかと思った。

気力に体力を引っ張らせる

大塚　これは私の体験ですが、自分の体に「疲れてるか？」「体調はどうだ？」と聞いてごらんなさい。体はいつも「疲れている、体調もイマイチだ。ちょっと休ませてくれ」と言う。そこで「そうか」と体の声を聞いて一日休ませてやるとしましょう。二日目に「もう回復したかな」と体に聞くと、「まだ疲れが残っている。もう少し休ませて欲しい」というので従ったとする。ところが三日目になるともう体力が落ちていて、動く気力もなくなってるんですよ。

阿川　ハハハ。怠け心が定着しちゃうんですね。で、そのまま動かなくなって、寝たきり老人まっしぐら。

大塚　そうです。若い頃は体を休ませ、体調を良く保つことで気力充実といった感じでしたが、七十五歳を過ぎたら、体の言うこと聞いて楽させたらもう終わり。体が何と言おうと、気力に体力を引っ張らせることこそが大切ですよ。予定があるならとにかく出かけましょう。そうすれば、まだ体のほうはついてきますから。百五歳で亡くなった聖路加《せいろか》国際病院の日野原重明《ひのはらしげあき》先生は、取材でも講演でも、依頼はほとんど全部引き受けておられたようです。そうすれば、その日、その時間になったら、とにかくそこへ行かなければならない。その用件が終わったあとはグッタリになったとしても、翌日にはまた予定が入ってるから行かなきゃいけない。だから、もつんですよ。一旦楽させたら、もうダメなんです。立ち直れない。

阿川　甘やかすな、と。

大塚　そうです。七十五歳を過ぎて使わなかったら、体はたちまち衰えます。元気いっぱいだった人が急速に衰えるときは、だいたい怪我や病気をして、動けない時期を経てダメになっていくんです。体を動かさなくなったら、それが自分の意志であっても、そこから立ち直るのは難しい。三日以上じっとしてたら転落の道を一直線ですね。

阿川　「老人は休むな」か……（笑）。

世にいうピンピンコロリ

大塚　最近、講演会などでよく話すのは、「若い人は頑張りすぎると過労死のおそれがある。しかし高齢者の場合、どんなに気合を入れても、あるところで体がついて来れなくなるので、なかなか過労死には至らない。万が一、頑張りすぎでポックリ逝ったとしても、それは世にいうピンピンコロリ、多くの高齢者が望む形では」ってことです。

阿川　「老人に過労死なし」（笑）。

大塚　若い人は体力もあるし精神的にも頑張れる。だから無理をして頑張り過ぎちゃうんです。だけどお年寄りは、頑張り過ぎることはないんです。体がいつも「休ませてくれ、休ませてくれ」って言っているのを、だましだまし動かしているわけですから。

阿川　自分の体の声に素直にだまされちゃいけないんですね。過労死の心配はないんだから。

大塚　それが長持ちさせる秘訣です。

阿川　「あ、老人になるってこういうことね」という身体的な兆候が、私にもすでに少しずつ、出てきている気がします。まず、手先が老化する。ネックレスの小さなフックが留められなくなってくる。それから瓶《びん》のふたをいっぺんに閉められなくて必ず落とす。小銭を探すと必ずこぼす。

大塚　小銭、確かにこぼしますね。

阿川　若いころ、「老人はなぜ、券売機の前でモタモタするのか」と疑問に感じていました。でも、まず老眼鏡を取りださなきゃいけない、次にお財布がどこにあるか探さなきゃならない、財布から十円玉や百円玉を見つけるのに時間がかかり、今度はそれを券売機のどこに入れるのか、考えなきゃいけない。おまけに、自分の手先が思った所に動くまでに時間がかかる。だから、これらをすべて足すと、若い子の五倍ぐらいは時間がかかるの。

大塚　微調整ができないんでしょうね。だから不器用になってしまう。おまけに目の感覚も衰えてくるでしょ。自分の体の感覚というか、位置感覚も変わってくるし、筋肉の強さも落ちてくる。だから総合的に微調整ができなくなるんです。

阿川　目や耳もですが、喋る言葉も。言いたいことが頭にあっても言葉が出てこない。だから、「新宿のほら、あそこのあの隣の……」とかいうことになる（笑）。でも現代はすべてがスピーディですからね。ますます、ついていけなくなって、イヤになっちゃう。

大塚　喋るテンポは間違いなく遅くなってきますよね、話の進み方もくどくなるし……。イヤですねえ、自分の講演内容をあとで聞いたりすると落ち込みます。

阿川　そうですか？　先生のお話しぶり、十分に速いし、お若いですよ。

大塚　「十分お若いですよ」とか「若々しいですね」なんて、だいたい若い人には言わないですよね。それを言われるだけで「あ、もう立派な高齢者なんだな」って思ってしまいますよ。おっと、いかんいかん、年取るとだんだんひがみっぽくなる（笑）。

25　なぜ老人はいつも不機嫌なのか

阿川　お年寄りって、だんだんと口をきかなくなって、不機嫌になっていきますよね。あれは、喋るテンポが遅くなったり、思い出せないことが多くなることと関係しているんでしょうか。

大塚　それも一部あると思います。それより大きいのは、一瞬は頑張れるけど、終わった後の疲れ方が大きいからじゃないでしょうか。必要に迫られてその場をしのいだとしても、その後が大変。まず溜め息をついて、その後にどっと疲れが出てくる。そのあまりにも大きい落差が、よけいこたえるのでは？

阿川　もしかしてこの対談が終わった後、ガクッとお疲れになっている？

大塚　いや、楽しいから大丈夫（笑）。とはいうものの、たとえば、夜、宴会へ行ったとして、そこでは楽しく二、三時間過ごせても、車に乗った途端に口を利くのも面倒になる。だから、うちへ帰って家内に「ただいま」と言ったら、ろくすっぽ顔も見ない、目も合わさずに、「もう寝る」と寝室に直行することになるんです。

阿川　外ではこんなにニコニコお話しになるのに？

大塚　家内にいわせれば、「ご飯を食べているときもほとんど喋らないし、うちにいるといつも不機嫌そうな顔をしている」そうです。なのに来客があれば途端に愛想よくふる舞ったり、外でも潑剌《はつらつ》と喋っていたり、身内だけの時とはぜんぜん違うわけですよ。そうすると、家内としては「私と一緒にいるのがイヤなのね」となってしまう。でも本当はそうじゃないんですよ。家では燃え尽きてるんです。

阿川　母は父とふたりで暮らしていたころ、しょっちゅう電話で愚痴ってました。「お父さんが毎日不機嫌なのよ。ふたりで食事してると、そんなに私といるのがイヤなのかと思うぐらいに、怖い目でずうっと一点を睨《にら》んでるから『何が不愉快なんですか？』と聞くと、『別にお前のせいじゃない』って言うの。でもずーっと不愉快そうにしてるから、こっちはうつ病になりそうよ」って。

大塚　その気持ち、すごくよくわかる。わかるようになってきたというべきか。

阿川　そうか、あのとき父は燃え尽きてたんですね。

強制的にやらされる人も長持ち

大塚　最近、自分のなかの変化として特に気になるのは、ちょっとしたこと、例えば電話をするとか、手紙を書くといったことが、面倒くささや億劫さを伴い、なかなか進まないこと、そしてそんな自分に腹がたつことです。だから、お年寄りがいつもぶすっと、気難しそうにしているのは、億劫さの中で生きているからじゃないですかね。

阿川　精神面だけじゃなくて、体力面でも疲れちゃう。

大塚　体が疲れるからそうなるのか、精神的に集中した直後だからそうなのかはわからないけれども。

阿川　家族や周囲の人は「老人はみんな不機嫌なんだ。別に自分のせいじゃない」とわかれば、気持ちがラクになりますね。

大塚　そう。それと一瞬は頑張れたとしても、そのあとの落ち込みが大きいですから。

阿川　でも、一瞬頑張れるなら、その一瞬をつないでいくことが大事なんですね。休まないで。

大塚　一瞬頑張ることを自発的に続けられるのがベストですけど、強制的にやらされているような人も結局、長持ちしてますね。

阿川　男性の場合は特に、その一瞬をつなげるっていうこと＝「用事がある」とか「俺がいないと先へ進まない」とかいうことが大事なんですね。定年退職後、強制的に何かをやらされるということが激減しますものね。女性は家事も含めて、いろいろあるんですけどね。

大塚　男性にとっては、やっぱり社会で必要とされなくなることは、精神的にも体力的にもダメージが大きいですよ。

阿川　ただ、必要とされる場所を見つけるためには、あえて自分で能動的に動かなきゃならないでしょう。まずそれが億劫なんだろうなあ。

大塚　億劫だけどね、やっぱりそこを超えられるかどうかですからね。

阿川　先ほどのお話にもあったように、他者から望まれることが、いちばんいいんですよね。

大塚　そうです。でも、その他者とかかわりを保つのにも、努力が要りますね。声がかかっても行かないことが続くと、誰も声をかけてくれなくなるし。そうすると最終的に引きこもりみたいになってしまう。引きこもりで動かなければ、今度は体が弱っていきます。ポンコツ車ですからね。要するに、頑張り過ぎるとガタが来るけど、使わなきゃ錆《さ》びてしまう。

阿川　ある会社の元社長さんは今、漢詩とゴルフに夢中なんです。その会社が最近いろいろ話題になっていて「大変ですね」と聞いたら、「昔勤めていた会社のことなんか、まったく関心ないの。今やりたいことがあって忙しいから」って。八十歳手前かな。たいていの殿方は自分が積み重ねてきた功績に生き甲斐を見つけようとするのに、この方は素敵だなと。

大塚　何歳になっても、自分のやりたいことが出てくれれば、過去に決別できていいですね。でも普通は、これが一番難しいかな。

老人には三つのタイプがある

阿川　だいぶ昔ですが、車を運転しながらラジオを聴いていたら、「老人には三種類ある」って話をしていたんです。一つめは、「振り返ってみると、俺の人生ろくなことはなかった。あれもダメだった、これもできなかった」と後悔して後悔して、自分を責め立てて不機嫌っていう人。次は、「俺がこんな人生だったのはあいつのせいだ、こいつのせいだ」と、他人に対する恨《うら》みつらみで不機嫌な人。最後は、「今からだってこんなに楽しみがある」と、過去のことはさておき今後を考えて不機嫌じゃない人。三番目の人のように生きられたらいいと思いますけどね。

大塚　人間は所詮、無いものねだりをする生きものですから、老後は大変ですよね。なぜって、年を取るということは、昨日できたことが今日できなくなり、今日できたことが明日にはできなくなるってことですからね。これをどう前向きに受け止められるか。

阿川　ゴルフのとき、特に年輩の男の人に多いのが「俺は昔はあの松の木まで飛ばしてたんだ」っていう話で。

大塚　私もいつもそう言ってますよ。

阿川　だけど、今は全然そこまで届かないから、周りも「ナイスショット！」って発せられないんですよね。「ナイスショット！」と言うと「こんなものじゃなかったのに」って怒られたりするから。

大塚　本人にとっては、今の自分を受け入れられない。自分のふがいなさや、以前とのギャップの大きさが、不機嫌を呼び怒りに繋《つな》がる。

阿川　ああ、こうやって「あれができなくなる、これができなくなる」っていうことに、悲しみを重ねつつ生きていくんだなって。だからこれからは、「あら、まだこれだけ残ってる！　ラッキー！」とポジティブに思えるかどうか。

大塚　他人にはそう説教するけど、自分のこととなるとなかなかね（笑）。

阿川　先生にそう言われちゃ、身もフタもないぞ（笑）。

26　不良老人になろう

阿川　プラス思考で、やりたいことをやって死ねたら幸せだけど、現実には……。

大塚　毎日の生活では、とても面倒だけど、義理で手紙を書いたりスピーチしたり会食したりと、やらなきゃいけないことが現実にはたくさんありますからね。

阿川　そういう義理ってありますよね。うちの父は七十歳を超えたとき、家族を集めて「いいか、俺は今後いっさい、我慢するのをやめる！」って宣言したんです。家族はみんな「えっ、いままで我慢してたのか」とびっくり（笑）。みんな「ハイ」って言いながらも、下を向いて、ククク ッて笑ってました。

大塚　アハハハ。

阿川　父はその少し前、『断然欠席』というタイトルのエッセイ本を出したんです。

義理の会合、義理の食事会などなど、いっさい欠席で通す、どんなにイヤなやつだと思われてもかまわないと。先生は、義理を全部捨てたら、いま何をやりたいですか。

大塚　何をやりますかねえ。すぐには思いつかないですね。

阿川　やっぱりゴルフですか。

大塚　私の場合、好きな仲間とのゴルフならいいけど、義理っぽいのはイヤですね。そう考えると、七十歳とか八十歳とかの節目に、「嫌いなやつとは付き合わない」などと周囲に宣言しておくことは、確かにいいかもしれない。

阿川　でも偏屈と思われるのも怖いしなあ（笑）。

大塚　作家の渡辺淳一《わたなべじゅんいち》さんは、古希《こき》を迎えるにあたって、そのお祝いの席で、「俺はこれから不良老人になってやる」と宣言したそうです。「ずっと不良だったじゃないか。これ以上、まだ不良老人になれるのかよ」と周囲に笑われたらしいけど。その話を聞いて、私はいいなと思いましたね。男はやっぱり、不良に永遠の憧れがあるのかな。

阿川　ビートたけしさんが冗談半分によくおっしゃるのは「少年法に対抗して老人法

っていうのをつくってほしい」と。もう愛人つくっても、大麻もバクチも自由。クスリをバンバンやって死んじまえばいいんだってね。老人法に守られるから罪は軽いしと。

大塚　いいですね（笑）。それだったら、いろいろあっても長生きしようって気になるかもしれませんね。「憎まれっ子世にはばかる」の諺《ことわざ》通り、実際、したい放題やっている人は、長生きするようですね。『「不良」長寿のすすめ』という本に、その手のことが詳しく書いてありますよ。会社でいうと、トップまで上りつめ、その後も老害と言われようとも気にせず、マイペースを通す人は長生きする。だけど、たとえば部長クラスで定年になった人はそこから先が意外と短い、という統計があるそうです。真面目で、やりたいことは我慢して、あっちに気を遣いこっちに気を遣って生きてきたタイプですね。

阿川　人に気を遣わなくてもいいんですか？　それが老後を明るくする秘策か。結局、私たちは人生の最期に向かって、どう生きればいいんでしょう。

大塚　人間は本音では、何歳になっても自分が死ぬなんて思っていないのではと思います。いつか来る、でも具体的な期限が示されない限り、自分のこととは思えないのが、人間の性なのでしょう。私も含めてですが。日ごろから「やりたいことはやり尽くした」と言っている人でも、この世を離れるのに未練があるのでしょうね。

阿川　未練ねえ……。

「三年は生きていたい」が本音

大塚　八十代も半ばを過ぎると、「もう私、十分長生きしたから、いつ死んでもいいわ」と言う人が結構多いんです。そういう人に、「あ、そうですか。じゃあ、明日にでも、お迎えが来ていいんですね？」と聞くと、「ま、そうは言うけどね、あと三年は生きてたいわね」って。

阿川　ハハハハ。

大塚　三年というのは、遠すぎず、かと言ってまだ先があるっていう感じで。あと三年生きてると、曾孫《ひまご》が小学校に上がる。あるいは中学生になる。あと三年したら、孫が結婚するかもしれないって。翌年になると、また別の理由で、あと三年となる

（笑）。「あと三年は」というのは皆さん共通です。

阿川　面白い。あと三年ぐらいは生きられるだろうって思うのかしら？

大塚　昔から「三日、三ヵ月、三年」と言いますよね。

阿川　なるほど。日本人は三で区切るのが好きかも。

大塚　人生の時間軸は、三年というのが一つの単位なんでしょうかね。ところで阿川さんは、あと三日しか生きられませんとなったら、何をしますか？

阿川　部屋の片づけ！　部屋があんなに乱雑なまま死んだら恥ずかしい。あ、でもそんなのほっぽって、おいしいモン食べて死にたいかなあ……。

大塚　それを考えるのって意外と面白いでしょ。人生、最後の三日間、最後の三ヵ月、最後の三年……逆算して、今日何をしておくのか。

阿川　うーん、何やっても間に合わなそう（笑）。

27　老後の沙汰こそ金次第

阿川　これまで両親の介護に向き合ってきてつくづく、老後にはお金がかかることがわかりました。自分の老後のためにも、やはり若いうちから貯金せよってことなんでしょうか。

大塚　そこなんです。日本の社会って見れば見るほど変なんですね。その第一は、老後、それも人生の終わりに近づくにつれて、お金がかかるという認識が欠けていることです。

阿川　でも、一般的には、子どもが自立して、住宅ローンも返し終われば、年金に少し足す程度で、そう贅沢《ぜいたく》を望まなければ、平穏に生きていけると思っているんじゃないですか。

大塚　それが大きな勘違い。確かに身のまわりのことが自分で出来るうちはいいですよ。でも、老化が進み、バスや電車に乗るのも一苦労。買い物に行くのも大変。さらには車椅子になったりして、他人の助けなしには日々の生活が成り立たないとなったら、どうですか？　自分でやってたことを他人にやってもらうとなれば、その分、お金がかかるか、他人に借りを作ることになるのが世の道理です。病気や寝たきりになれば、それが加速されるということですよ。

阿川　でも、老いて病気になったり、介護が必要になったら、国や保険がある程度、面倒見てくれるはずですよね？

大塚　そこがまた違うんですね。確かに医療保険、介護保険で最低限のことはやってくれる。でもそこで使えるサービスは、全国一律の配給品。個人の事情に合わせてくれるわけじゃないし、ましてや炊事、洗濯、掃除などの面倒は見てくれない。自分なりの生活水準を保ち、自分の好みで少しばかりの我がままを聞いてもらうとなると、想定の倍はかかると覚悟しておかないと。

阿川　そうかあ……。確かに、家事全般を他人に頼るとなると、お金は思っている以上にかかりますよね。家族に頼めばといっても、家族がそばに居なければやってもらえないし、居たとしても、みんな忙しいから頼むのも気兼ねするし……。

大塚　その通り。もう一つ不思議な事、それは預貯金の使い方です。日本人、特に現在の高齢世代は、若い頃から結構、蓄財に励んできた。何のためかといえば、それは何かあった時や自分の老後への備えでしょ。ところが、いざ老後になっても、それに手をつけたがらない。病気になったら、介護が必要になったら、国が面倒みてくれ、社会が面倒をみてくれ、の大合唱ですよ。

阿川　貯めた財産や貯金は、どうするんですかね。

大塚　自分の老後のためにではなく、子どもや孫に残すことに熱心な方のほうが圧倒的に多いんです。だけど晩年になって、子どもや家族に頼らず、迷惑もかけず重荷にもならず生き切ろうと思ったら、お金がかかるんだと自覚したほうがいい。そのための貯金であり、財産づくりでしょう。元気な時にプラスになった分を、自分の老後のためにしっかり使って人生を全うするのが、本当の人生設計でしょう。

阿川　昔、百歳の双子姉妹として人気者になった「きんさん・ぎんさん」が、コマーシャルやバラエティ番組に引っ張りだこになった。そこで誰かが、「そんなにお金を貯めて、何に使うおつもりですか?」って聞いたら、「老後のために」とお答えになった。この話をするたびにみんな笑ってたけど、いま思うと、その発想は正しかったんですね。

大塚 そうです。自分のつくった財産は自分で使い切る。自分の人生を思い切り生きることです。

「財産はアテにするな」と宣言

阿川 年を取られた方がよく、「お酒も大して飲まなくなったし、外食もしなくなったし、観劇とか旅行にも行かなくなったから、金のかかることは大してないよ」と言われますね。でも、老後に体が動かなくなったときこそ、お金がかかるんだってことを自覚しておいたほうがいいと。

大塚 そして、子どもたちには「自分のことはすべて自分でするから、その代わり財産はアテにするな」と宣言してほしいですね。国にも次世代にも面倒を見てもらわないという前提で人生設計をすれば、いろいろな問題がしっかり見えてきて、解決への道もひらけます。老後の沙汰こそ金次第。お金をちゃんと貯めていれば、選択肢が広がりますからね。介護を人に依頼できるし、施設に入ることもできる。家族の負担も軽くなるし、気兼ねする度合いが違いますから。

阿川　自分の貯金は、自分の老後のために惜しみなく使うと。でも、そうすると、遺産目当ての子や孫が寄りつかなくなったりして。現実的な話になりますが、たとえば九十歳まで生きるのを目標にしたら、老後までに、だいたいどれぐらいお金を貯めておくといいのでしょう？

大塚　もらえる年金額が低くなるとして、私が推奨《すいしょう》してるのはだいたい一千万から三千万円。自分の作った財産は次世代に渡さないとすれば、不可能な額じゃないですね。

阿川　一千万円は確保しときなさいと。それをちびちびと子や孫に配ってご機嫌を取ればいいか。

28　家族にこそ介護費用を払う

大塚　阿川さんは「ちびちびと子や孫に配る」と言われましたが、もし身内に介護をしてもらう状況になったら、それこそちびちびと、介護の対価としてお金を払うべきです。

阿川　家族に介護代を？

大塚　「俺が死んだら、財産はすべてお前たちにやるから、しっかり面倒を見ろ」と考えがちですが、介護する方は、何年先に手に入るかわからない大金より、今日明日の五千円のほうが魅力的なんです。だから、たとえ身内に対しても、食事の世話はいくら、入浴の手伝いはいくらと自分で相場を決めて、その都度こまめに払うこと。身内同士でのお金のやりとりをイヤがる方もいますが、こういうことこそ割り切りが大事です。親子であっても、お金の使い方ひとつでお互いにモヤモヤせずにすみます。

阿川　なるほど。お金を渡すときに「ありがとう」と言葉をさらに添えてくれれば、介護する側の気持ちもほぐれるのでは。「ありがとう、すまないねえ」ってひと言、言ってもらえるだけで、それまでの疲れがふっ飛ぶんですよねえ。

大塚　まさに。長く近くにいて世話をしてくれる人にこそ、感謝の気持ちを表現したほうがいい。人間関係で難しいのは、家族間といえども、お金を渡すのには、大義名分が要ることです。お金には必ず感謝の言葉を添える。お金と言葉は両方必要なものです。

阿川　いざ施設を選ぶとなった場合も、費用は大きなポイントになりますね。

大塚　親と子では、施設についての金銭感覚が違うんです。子どもが選ぶと、だいたい親が考えている三分の一くらいの価格帯の所になるそうです。

阿川　おー！　なんだかリアル……。

大塚　親にこんなにお金を使われたら、俺たちの分がなくなっちゃうじゃないかって気持ちもあるんじゃないかと。

阿川　今後、自分たちはどうなるんだ、親の介護にいくらかかるんだ、という不安。その気持ちもわからないではない。

大塚　だから、どんなにお金があっても、介護などで家族に経済的支配権が移ったら、豊かな老後をお金で買えなくなることもあるんです。

阿川　ましてや、そこに兄弟姉妹なんかがいるとそれぞれの意見が違うからまた大変……。

大塚　ほんとにね、自分のためにどーんとお金を使ってくれるとは限らない。

阿川　父は入院しているとき、「俺はいま無収入だ。月刊『文藝春秋』の連載もふくめて一切、筆は折った」と何度もその話をして。「無収入の身であと一年、ここにいられるかどうか」と気に病んだり。「いやいや大丈夫。もっと長くいられる計算だから」っていくらなだめても、「いや、いられない」って。

大塚　男と女でもね、金銭感覚は違います。男性は財産が幾らあっても、月々の稼ぎがなくなったら、自分は本当に無一文だ、自分の価値はなくなった、という気持ちになるんですよ。

阿川　へーえ、父だけじゃないんですね。

大塚　それから、財産を取り崩して、自分の生活を豊かにしようという気持ちがほとんどない。

阿川　財産を取り崩すことに抵抗があるんですね。

男性はドケチになる

大塚　女性のほうがその辺は、トータルとしての計算ができます。たとえば三千万円の預金があったとして、月々八十万円、年間約一千万円かかりますと言うと、「三年間大丈夫じゃない。月々の年金もあるし、だったら月百万円のところでもいいんじゃない」と考える。でも男性は、収入がないと不安だから、月に百万円なんてとんでもない。年金が月に二十五万円しか入ってこないなら、せいぜい五万円を足して月三十万円で暮らそうと思うわけですよ。

阿川　月々の収入に合った生活をするべきだと考える。

大塚　そう、男性は、自分の稼ぎがなくなったら、たちまちドケチになります。

阿川　父は最初からドケチでしたけど（笑）。父が入院代の心配をやたらとするもんだから、しょうがなく「大丈夫。『聞く力』で稼いだから、いざとなったら、私が払います」と言ったんです。そしたら「お前にばかり頼るわけにはいかない」と応えながら、「そうかい」ってほっこり笑ってましたからね（笑）。結果的に私が負担することはなかったんですが、私の顔を見るたびに「それで、増刷は出たかい、おい」と聞くから、「もう、ぱったり止まりました！」って。

大塚　稼いでくれる娘を持つなんて、何と頼もしいことか。ましてや「いざとなったら出すよ」なんて言われた日には、最高に幸せですね。女親はあんまり、稼ぎには関心がないものなんですけどね。男っていうのは絶えず、自分がどれぐらい稼げるか、自分の身内がどれぐらい稼ぐかに関心があるもの。男の性なんですかね。

29　自分が望む最期は手に入るのか

阿川　以前、「TVタックル」で安楽死を取り上げたとき、ビートたけしさんがこう言われたのが印象的でした。「間違いなく人間は死ぬ。何億年もそれを繰り返してきたのに、人はいまだに死について悩み続けている。自分で選べないし、解決できていない」と。

大塚　実際に死んだことのある人はいないから、答が見えない。

阿川　あの世で「死ぬってどんな感じでした？」「その死に方は正解でしたか？」なんていうアンケート調査でもできればいいんですけど（笑）。

大塚　その集計結果を見てみたい。

阿川　自分の思うように死ねないこの時代、穏やかで静かな最期をどうやって手に入ればいいんでしょうか。

大塚　それこそが、私が考え続けてきたことです。

延命処置を望むか否か？

阿川　こちらの病院は、基本的に延命処置はしないんですよね。

大塚　はい。病院の基本にあるのは、惨めで苦しい思いをしながら長生きするよりも、今日一日を豊かに生きようということです。その実現のために、医療、介護、生活のすべてを駆使します、と。だから、入院相談のあった時点で、「長生きのためには何でもやって欲しい」という人はお断りしています。その後も繰り返し、それを伝えながら、ご家族と話し合い、信頼関係を築いていくわけです。だけどもちろん、最期はご家族の意思を尊重します。

阿川　うちの父が下血して、本人の意識も混濁《こんだく》していて、「こんな父は初めて見た」と思っていたとき、「もう、あんまり長くないでしょう。この先どうされますか？」と先生から聞かれました。われわれ家族が一致して「父は必要以上の延命処置は好みませんので、自然に亡くなることを望んでいると思います。ただ、痛むとか、辛いとかいうことだけは軽減していただきたい」とお願いしたら、「わかりました」と。その通りに息を引き取りました。

大塚　ともかくご本人に苦痛がないように、とのことでしたね。

阿川　はい。「あとは、その時を静かに待ちます」とお伝えしたはずです。ただ、父のような老衰とは違い、癌などの病気であれば、ご家族が別の対処を望んでも不思議ではないという気もします。先生の病院でも、最期が近づくと、何かしらの延命処置をして欲しいという方も、いらっしゃるんでしょう?

大塚　ええ、現実問題として、そういう状況の時には、ご家族の気持ちも揺れ動いて当然で、ご希望が変わることもしばしばです。また少しでも長生きできるならば、せめて点滴だけでも続けてくださいという方も、いらっしゃいます。元気な頃に、「もし最期が近づいたら、なんにもしないでほしい」と希望される患者さんは少なくないのですが、現実には、そういう状況になったら、ご本人の意思は表明できません。やはり、延命処置をするかどうかは、ご家族の意思によって決まります。

阿川　そうなんですね。

大塚　ご本人の意思に関係なく、やっぱり別れが辛い。少しでも可能性があるなら一日でも一週間でも一ヵ月でも長生きさせてほしい、と望まれるご家族も時にはありますよ。

阿川　先日、脚本家の大石静《おおいししずか》さんとの対談本（『オンナの奥義』）を出したんですが、その中で大石さんはお父様の最期について、こんな話をされています。お父様は生前、「延命治療はしてくれるな」とずっと言われていたから、意識不明になったとき、そうお願いした。でも、お医者さんからは、「人工呼吸器のスイッチを切ることはできない」と拒否され、「あなたがやってください」と言われてしまったのだそうです。大石さんは、「わかりました」と応えたものの、いざとなると、どうしてもスイッチを切る勇気が出なかった。最後はお医者さんが折れて、人工呼吸器はそのままにして、すべての治療をやめてくれたそうです。

大塚　ご家族は「早く楽にしてあげたい」と思っていても、いざとなると「もう何もしないでください」とは言えないもの。自分の責任では引き金を引きたくないのが本音ですよ。

死は医療の敗北か

阿川　先ほどの「TVタックル」では、幸か不幸か、人の気持ちを置いてきぼりにして医療だけがどんどん進んでしまったという話にもなりました。医者はやっぱり、先進の医療技術を使って人の命を助けることが使命だから、できる限り長生きさせようとする。しかも世界的に、長寿国は幸せだ、というイメージがある。でも実際に年を重ねていくと、本当にそうなのか、という疑問をもち始めるんじゃないでしょうか。

大塚　医者には二つの大きな価値観があります。ひとつは「死というものを医療の敗北だ」とするもの。だから極力、死を先延ばしする、あるいは避けるように叩き込まれてきました。もう一つは、「正常の枠内から外れたものを正常に戻す」こと。そのためには、自分たちの知識や技術をすべて、駆使しなければいけないというもの。

阿川　死は医療の敗北なんですか。

大塚　だけど、高齢者では、もとに戻そうとしても戻らない機能がたくさんあるわけです。治療をしても良くならない病気も山のように出てくる。医師としてはお手上げだ、ということもあります。くわえて医師は、死が敗北だと叩き込まれているから、一日でも一ヵ月でも寿命を延ばそうとする。たとえば、八十歳、九十歳になってもう十分に生きたと思われる方が、救急車で運び込まれたとする。それが誰が見てももう限界だと思える状態だったとしても、運びこまれた側の医師からすれば、家族は助けてほしいから救急車を呼んだと解釈します。だから医者は期待に応えるべく、家族のためにあらゆることをやります。それが医者としての使命だし、役割でもある。

阿川　そうですよね。しかも、そんな時には、本人は自分の意思を伝える能力を、すでに失っている。

大塚　管をいっぱいつけられて栄養分や薬を投与されても、それに反応する体力が無ければ、負担になり、結果も悲惨です。だけどそれも、医師ばかり責めることはできません。そういう医療行為を求める家族もいるし、それを求める世論もある。

阿川　自然な最期を迎えようとしている人たちを、あらゆる手段を使って延命させる。それを本当に望んでいるのは誰か、ということですよね。延命が可能になった時代に、人間はどこで決断し、自分の死を迎えるのか。

尊厳死協会に入れば安心か

大塚　だからか、いま尊厳死協会への入会が流行《はや》っているんですよ。元気なころに「余計な延命行為は何もしてもらいたくない」と尊厳死協会に入って、これでもう安心だと思っている。だけど、いざそういう時を迎えたら、いろいろな理由でそれに賛成しないご家族は、尊厳死協会に入っていた証明書をだいたいもってこない、出そうとしない（笑）。

阿川　それを出すか出さないかは家族の判断、と。うーん。

大塚　だから、まったく安心できないんですよ、今は。

阿川　じゃあ、本人が入院したときに、「私は尊厳死協会に入っていますから、証明書をお医者さんに預けておきます」ってことにすれば、大丈夫なんですか。

大塚　だけど、それだってね、最後はやっぱり、家族の手に委《ゆだ》ねられるんですよ。ただ、一つつけ加えるならば、亡くなったあと、ご家族に悔いを残さないようにすることこそが、私たちの役割なのではないか。

阿川　死ぬときは、自分の自由は利かないってことですね。どう死ぬかという問題には、日本人の宗教観も影響しているでしょうね。

大塚　キリスト教の世界の人は基本的に、天国があることがひとつの救い。そして、死とは神様のそばに行くことだと信じている。

阿川　死んだら神様のそばに行けるから、幸せなことなんですよね。

大塚　そう。だからヨーロッパでは最期が近づくと、呼ばれるのは医師ではなく宗教者です。牧師や神父なんです。でも、神のそばに行けると考えている日本人は少ない。

阿川　死んだ先は本当にわからないですからね。いま「私は十分、生きました。もう死にたい」っていう人が現れたら、先生はなんと言葉をかけますか。

大塚　「わかりました。お任せ下さい。悪いようにはしません」ですかね（笑）。

30　そこで働く人を見て施設を選ぶ

阿川　いま高齢者向けのビジネスがどんどん広がり、老人施設や老人病院が雨後の筍《たけのこ》のように増えています。これをどう見分けて、親を預ける、あるいは自分が入るのか。その基準やヒントはありますか？

大塚　いちばんいいのは、そこで働いている人の表情を見ることです。立ち居振る舞いなども含めて。

阿川　なるほど！

大塚　というのも、働いている人の表情や立ち居振る舞いは、自分のやっていることへの誇りや自信、心の状態の集大成だからです。仕事をするうえで、後ろめたさがあったり、疲れ切っていたりしたら必ず、態度に表われます。

阿川　疲れてると、ついぞんざいになっちゃいますもんね。

大塚　それともう一点。高齢者を対象に「あなたの人生の不安を全部解消します」という施設がすごく増えてきました。だけど、「ある程度自分のことはできるけれど、三食つくったり掃除や洗濯が大変」という時期、「寝たきりになって、いろんな病気が出てくるようになった」時期、「人生の最期」の時期では必要とされる機能がまったく違います。ひとつの施設でそのすべてを揃えるのは経営的視点からみて、無理といってもいい。にもかかわらず、いま世の中に多くある施設は、「全部解決します」というたい文句で、まだ元気な高齢者を集めようとしています。

阿川　まだ自活能力がある段階で。

大塚　そうすると、十分元気なのに、やはり自分の最期が心配だからと、そういう施設に大金を払って早めに入ってしまう。でも、施設にはいろんな規則や、共同生活としての難しさがあるから、自由に動ける人にとっては、期待したものと違うことが多い。入居者の七割くらいは、こんなはずじゃなかったと思うらしいです。でも、気がついた時には、多額の入居金は、入居後の早い時期に償却されていて、もう出るに出られない。

阿川　自分の家も売ってしまったあとだと、もう家には戻れないし。

死ぬ場所を決めておく

大塚　だから、元気なうちは、将来を慮《おもんぱか》り、不安に駆られて施設に入ることは絶対避けるべきです。もし入るなら、二～三年かけて短期間の入所を繰り返し、よく内容を見極めてからでも遅くない。いっぽうで、最後に転がり込むところはちゃんと決めておく。不治の病気や寝たきりなどで動けなくなったときに転がり込む先を、元気なうちに見定めておくべきです。ただし、そこに入る時期は、できるだけ先延ばしするように。自分でもてるものをすべて駆使して、そこに入らないように頑張る。私はそうアドバイスしています。死ぬ場所はここと決めておけば、人間は不安から解放されるもの。そうすると、ポジティブに生きられます。

阿川　ほうー。

大塚　たとえば、将来、寝たきりになったら、嫁に下《しも》の世話をしてもらわなきゃいけないと思えば、嫁に気兼ねして生きなければなりません。だけど、入る先を決めていたら、強気に生きられるでしょ。

阿川　父もよく言ってました。「お前に、おじいちゃん、またウンチしてー！　と叱られるようになるのか。ああ、いやだ、ああ、いやだ」って。まだそんな状態になってない頃から。

大塚　そこが皆さんいちばん心配なところですから。身を預けるところを決めておいて、でも、ギリギリまで自力で暮らすこと。

阿川　ギリギリまで一人暮らしのススメ。

大塚　そうです。皆さん「ピンピンしていたのに、突然コロリと死ぬのが理想」とよく言いますよね。いわゆるＰＰＫ（ピンピンコロリ）。これが叶うのは本当にひと握りの人です。せいぜい五％以下じゃないですか。ですからもっともっと、自分の最期に関心をもたないと。

阿川　元気なうちから老人病院や施設を見てまわるとか。

大塚　そうです。どんどん見学すべきです。だって家を買うときは、何軒もまわって検討するでしょう?

阿川　確かに。

大塚　死ぬ場所を探すことも同じです。

あとがきにかえて――自分ならどうして欲しいか

大塚　ここまで、医師として五十年の経験をふまえて持論を述べてきましたが、七十五歳を過ぎて、少々考えが変わってきました。

阿川　えっ、変わってきちゃったんですか？

大塚　これまでは「自分の親にして欲しいこと」「自分の親ならどう思うか」を判断基準としてきました。でも最近は、「自分ならどうしてもらいたいか」「自分が入りたい施設とは？」という視点も大事だと思っています。

阿川　ご自身が基準？

大塚　そうです。自分の親を預けるなら、やっぱり「毎朝決まった時間に起床させ、ちゃんと三度のご飯を全量食べさせて、着替えもさせて、お風呂にもちゃんと入れて、規則正しい生活をさせて、身ぎれいにさせて、極力リハビリをやってください」が、家族の願いじゃないですか。

阿川　そうですね。

洗い過ぎると脆弱《ぜいじゃく》になる？

大塚　じゃあ自分がそうなったときは？　と考えると、「お風呂は面倒だから極力入りたくない、朝は寝たいだけ寝ていたい、ご飯は三食じゃなくていい、食べたいときに好きなものを好きなだけ食べさせてくれればいい、酒も自由に飲ませてくれ、面倒だから歯磨きも適当にやってくれ、リハビリなんて頑張ってやりたくない」となるわけですよ。元気になって、いったい何をやれと言うんですかね。

阿川　なんとまあ！　そんな、自由な不良老人みたいに（笑）。そもそも先生、お風呂が嫌いなんですか？

大塚　風呂なんて今でも週に一～二回で十分。だいたい風呂に入ってて死ぬ人は年に二万人近くもいるのに、風呂に入らないのが原因で死んだ人の話は聞いたことがない

（笑）。高齢になったら、風呂に入れるほうも大変だけど、入れられるほうだって大変です。本当に汚れたとき、あるいは汚したときに、手をかけてくれればいい。

阿川　対談で作家の五木《いつき》寛之《ひろゆき》さんからも、「洗い過ぎると、人間は脆弱になる」と聞かされました。

大塚　絶対にそうですよ。

阿川　今の世の中、清潔信仰が強すぎますね。

大塚　その通りです。日本人の皮膚《ひふ》の病気のかなりの部分は、洗いすぎからきてると思いますね。先日も青梅の病院のほうで、皮膚のトラブルが増えているという報告がありました。それで、石けんを使わず、お湯洗いでケアしてみることにしました。そうしたら、患者さんの皮膚の状態がみるみる良くなって、三ヵ月後には、症状は解消したという話もあるくらいです。お風呂に入るたびにたっぷり石けんをつけてゴシゴシやって、それで「清潔になった」と思っているかもしれませんが、そのあとの皮膚は、カサカサで悲惨だから、そこに薬や保湿剤を塗り込む。そこでまた手がかかり、薬代もかかる。悪循環ですよ。やっぱり、ほどほどのレベルが大切です。

阿川　若い人たちは、髪の毛を毎日洗わないと落ち着かないらしい。でも、年を取ればわかるけど、たしかに毎日なんて洗う必要ない。若い頃ほど脂は出てこなくなるものですねえ。

大塚　そう、単に習慣になっているだけです。体の機能としては必要なし。

阿川　だから今は二日に一回くらいのほうが、髪の毛のコンディションはいい感じです。

病院名は「不良長寿院」!?

大塚　「親にして欲しいこと」と「自分にして欲しいこと」は、これだけ違うんですよ。私みたいに、老人医療の世界にどっぷり浸《つか》ってきた人間でも、こうですから。

阿川　ご自身が年を取られてから、だんだんそれがわかってきたと。

大塚　そうなんです。かつては、高齢者がどんな思いで毎日を過ごしているかは、あくまでも想像の範囲でした。それが七十五歳になって、未知の経験を私自身が積み重ねながら、自分の晩年に思いが巡るようになった。これからは、親じゃなくて我が身を安心して預けられる仕組みをつくっていこう、と。

阿川 じゃ、慶友病院も形を変えていくんですか。

大塚 はい、さらに進化させていきたいですね。どんな状態になっても、これならもう一日生きてても悪くないなって思えるように。

阿川 ついでに名前も変えてみてはいかがですか？ 家族が喜ぶ、本人も喜ぶ老人病院「楽園」、あるいは「竜宮城」とか？ そうだ、「不良老人天国病院」ってのは、ダメかしらね？

大塚 めざせ「不良長寿院」ですかね。またやることが増えそうです。忘れないようにしないと（笑）。

阿川佐和子（あがわ　さわこ）
エッセイスト、作家。1953（昭和28）年東京都生まれ。慶應義塾大学文学部西洋史学科卒。『ああ言えばこう食う』（檀ふみ氏との共著、集英社）で講談社エッセイ賞、『ウメ子』（小学館）で坪田譲治文学賞、『婚約のあとで』（新潮社）で島清恋愛文学賞を受賞。2012（平成24）年『聞く力』（文春新書）が年間ベストセラー第1位に。14年菊池寛賞を受賞。近著に『強父論』（文藝春秋）、『オンナの奥義』（同、大石静氏との共著）、『正義のセ』（角川文庫）など。テレビでは「ビートたけしのTVタックル」（テレビ朝日系）、「サワコの朝」（TBS系）に出演中。

大塚宣夫（おおつか　のぶお）
医師。1942（昭和17）年岐阜県生まれ。慶應義塾大学医学部卒。67年同大学医学部精神神経科学教室入室。68〜79年まで（財）井之頭病院に精神科医として勤務。その間、フランス政府給費留学生として2年間滞仏。80年青梅慶友病院を開設し院長に。2005（平成17）年よみうりランド慶友病院を開設。10年慶成会会長に就任。著書に『人生の最期は自分で決める』（ダイヤモンド社）。

文春新書

1172

看《み》る力《ちから》　アガワ流介護入門《りゅうかいごにゅうもん》

2018年（平成30年）6月20日　第1刷発行

著　者　阿川佐和子
　　　　大塚宣夫
発行者　鈴木洋嗣
発行所　株式会社 文藝春秋

〒102-8008　東京都千代田区紀尾井町3-23
電話（03）3265-1211（代表）

印刷所　理想社
付物印刷　大日本印刷
製本所　大口製本

定価はカバーに表示してあります。
万一、落丁・乱丁の場合は小社製作部宛お送り下さい。
送料小社負担でお取替え致します。

ISBN978-4-16-661172-0

◆こころと健康・医学

がん放置療法のすすめ　近藤　誠
がん治療で殺されない七つの秘訣　近藤　誠
これでもがん治療を続けますか　近藤　誠
健康診断は受けてはいけない　近藤　誠
国立がんセンターでなぜガンは治らない？　前田洋平
がん再発を防ぐ「完全食」　済陽高穂
痛みゼロのがん治療　向山雄人
最新型ウイルスでがんを滅ぼす　藤堂具紀
愛と癒しのコミュニオン　鈴木秀子
あなたは生まれたときから完璧な存在なのです。　鈴木秀子
心の対話者　鈴木秀子
堕ちられない「私」　香山リカ
「いい人に見られたい」症候群　根本橘夫
人と接するのがつらい　根本橘夫
うつは薬では治らない　上野　玲
依存症　信田さよ子

めまいの正体　神崎　仁
膠原病・リウマチは治る　竹内　勤
インターネット・ゲーム依存症　岡田尊司
マインド・コントロール　増補改訂版　岡田尊司
花粉症は環境問題である　奥野修司
ダイエットの女王　伊達友美
親の「ぼけ」に気づいたら　斎藤正彦
100歳までボケない101の方法　白澤卓二
100歳までボケない101の方法　実践編　白澤卓二
認知症予防のための簡単レッスン20　伊藤隼也
名医が答える「55歳からの健康力」　東嶋和子
民間療法のウソとホント　蒲谷　茂
〈達者な死に方〉練習帖　帯津良一
熟年性革命報告　小林照幸
熟年恋愛講座　小林照幸
アンチエイジングSEX　その傾向と対策　小林照幸
ヤル気が出る！　最強の男性医療　堀江重郎
ごきげんな人は10年長生きできる　坪田一男

50℃洗い　人も野菜も若返る　平山一政
歯は磨くだけでいいのか　蒲谷　茂
卵子老化の真実　河合　蘭
糖尿病で死ぬ人、生きる人　牧田善二
さよなら、ストレス　辻　秀一
食べる力　塩田芳享
発達障害　岩波　明

◆文学・ことば

翻訳夜話　村上春樹 柴田元幸
翻訳夜話2 サリンジャー戦記　村上春樹 柴田元幸
座右の名文　高島俊男
漢字と日本人　高島俊男
漢字の相談室　阿辻哲次
五感で読む漢字　張　莉
日本語と韓国語　大野敏明
日本語とハングル　野間秀樹
あえて英語公用語論　船橋洋一
危うし！小学校英語　鳥飼玖美子
英会話不要論　行方昭夫
英語の壁　マーク・ピーターセン
松本清張への召集令状　森　史朗
松本清張の残像　藤井康栄
松本清張の「遺言」　原　武史
司馬遼太郎という人　和田　宏

作家の決断　阿刀田　高編
漱石「こころ」の言葉　夏目漱石 矢島裕紀彦編
日本人の遺訓　桶谷秀昭
ドストエフスキー　亀山郁夫
「古事記」の真実　長部日出雄
不許可写真　草森紳一
人声天語2　坪内祐三
大人のジョーク　馬場　実
すごい言葉　晴山陽一
名文どろぼう　竹内政明
名セリフどろぼう　竹内政明
「編集手帳」の文章術　竹内政明
凡文を名文に変える技術　植竹伸太郎
漢詩と人生　石川忠久
新・百人一首　岡井隆・馬場あき子 永田和宏・穂村弘選
弔辞 劇的な人生を送る言葉　文藝春秋編
易経入門　氷見野良三
ビブリオバトル　谷口忠大

劇団四季メソッド「美しい日本語の話し方」　浅利慶太
遊動論　柄谷行人
生きる哲学　若松英輔
超明解！ 国語辞典　今野真二
芥川賞の謎を解く　鵜飼哲夫
ビジネスエリートの新論語　司馬遼太郎
昭和のことば　鴨下信一
週刊誌記者 近松門左衛門　鳥越文蔵監修 小野幸恵

◆社会と暮らし

池上彰の宗教がわかれば世界が見える　池上　彰
池上彰の「ニュース、そこからですか!?」　池上　彰
池上彰のニュースから未来が見える　池上　彰
ニッポンの大問題　池上　彰
「社会調査」のウソ　谷岡一郎
東京大地震は必ず起きる　片山恒雄
ヒトはなぜペットを食べないか　山内　昶
はじめての部落問題　角岡伸彦
サンカの真実　三角寛の虚構　筒井　功
世界130カ国自転車旅行　中西大輔
戦争遺産探訪　日本編　竹内正浩
日本の珍地名　竹内正浩
グーグル Google　佐々木俊尚
2011年新聞・テレビ消滅　佐々木俊尚
決闘 ネット「光の道」革命　孫　正義　佐々木俊尚
ネットの炎上力　蜷川真夫

フェイスブックが危ない　守屋英一
地図もウソをつく　竹内正浩
非モテ！　三浦　展
猫の品格　青木るえか
アベンジャー型犯罪　岡田尊司
私が見た21の死刑判決　青沼陽一郎
臆病者のための裁判入門　橘　玲
農民になりたい　川上康介
農協との「30年戦争」　岡本重明
食の戦争　鈴木宣弘
日中食品汚染　高橋五郎
生命保険のカラクリ　岩瀬大輔
がん保険のカラクリ　岩瀬大輔
歌舞伎町・ヤバさの真相　溝口　敦
詐欺の帝王　溝口　敦
潜入ルポ　ヤクザの修羅場　鈴木智彦
潜入ルポ　東京タクシー運転手　矢貫　隆
ルポ　老人地獄　朝日新聞経済部

ルポ　税金地獄　朝日新聞経済部
医療鎖国　中田敏博
いま、知らないと絶対損する年金50問50答　太田啓之
「親と子年表」で始める老いの段取り　三神万里子・解説　水木　楊イラスト
列島強靭化論　藤井　聡
冠婚葬祭でモメる100の理由　島田裕巳
原発・放射能 子どもが危ない　小出裕章　黒部信一
「原発事故報告書」の真実とウソ　塩谷喜雄
日本の自殺　グループ一九八四年
ネジと人工衛星　塩野米松
女たちのサバイバル作戦　上野千鶴子
首都水没　土屋信行
日本人のここがカッコイイ！　加藤恭子編
あなたの隣のモンスター社員　石川弘子
ヘイトスピーチ　安田浩一
2020年マンション大崩壊　牧野知弘
女子御三家 桜蔭・女子学院・雙葉の秘密　矢野耕平
本物のカジノへ行こう！　松井政就

文春新書好評既刊

阿川佐和子
聞く力
心をひらく35のヒント

10代のアイドル、マスコミ嫌いのスポーツ選手、財界の大物らが彼女に心を開くのはなぜか。商談、日常会話にも生かせる「聞く極意」

841

阿川佐和子
叱られる力
聞く力2

叱られると辞める新人、叱れない上司が増えているという。「叱る」は「聞く」と同じくらい大事だと考えるアガワが、叱る意義を説く

960

近藤　誠
健康診断は受けてはいけない

職場で強制される健診。だが統計的に効果はなく、欧米には存在しない。むしろ過剰な医療介入を生み、寿命を縮めることを明かす

1117

佐藤愛子
それでもこの世は悪くなかった

ロクでもない人生でも、私は幸福だった。「自分でもワケのわからない」佐藤愛子ができ、幸福とは何かを悟るまで。初の語りおろし

1116

橋田壽賀子
安楽死で死なせて下さい

九十二歳の脚本家が求める往生の道は、「死ぬ自由と権利」を認める安楽死だった――「文藝春秋」読者賞受賞の問題作が書籍化！

1134